柳広司

D機關 2

DOUBLE JOKER

ダブル・ジョーカー

柳廣司

高詹燦　王華懋—譯

YANAGI KOJI

目錄

出版緣起

駭High，在推理的迷宮中

編輯部

推理小說到底有什麼魅惑之力，能夠讓世界上無數的熱愛者爲之痴狂？是鬥智、解謎的樂趣？是抽絲剝繭，終於揭露眞相時豁然開朗的暢快？是驚嘆於陽光之外人性潛伏的深沉危機與社會百態的詭譎複雜？還是感佩於作家布局的巧思或高超的說故事功力？

好的小說只有一個評斷標準——好不好看（用文言一點的說法是「引人入勝」）。有的小說好看得讓人不忍釋卷，廢寢忘食，非一口氣讀完不可；有的則是讓人捨不得立刻讀完，寧可一個字一個字細細地咀嚼品味。

好的推理小說更是如此。

在台灣，歐美推理和日本推理各擅勝場，各有忠實的讀者群。推理小說是日本大眾文學的兩大顯學之一，也可說是日本大眾文學極致發展最具代表性的成熟類型閱讀，不但各大出版社都闢有「Mystery」系列，培養出眾多匠心獨運、各領風騷，甚或年年高踞納稅排行榜前茅的大師級作者，如松本清張、橫溝正史、赤川次郎、西村京太郎、宮部美幸、東野圭吾、小野不由美等，創作出各種雄奇偉壯、趣味橫生、令人戰慄驚嘆、拍案叫絕、甚或影響深遠的傑作；同時也一代又一代地開發出無數緊緊追隨、不離不棄的忠實讀者。而台灣，在日本知名動漫畫、電視劇及電影的推波助瀾下，也有愈來愈多人愛上日本推理小說的明快節奏與豐富的情報功能，閱讀日本小說的熱潮儼然成形。

二〇〇四年伊始，商周出版（獨步文化前身）推出「日本推理名家傑作選」系列以饗讀者，不但引介的作家、選入的作品均爲一時精粹，更堅持以超強的譯者及顧問群陣容，給您最精確流暢、最完整的中文譯本與名家導讀，眞正享受閱讀推理小說的無上樂趣。

如果，您是個不折不扣的推理迷，歡迎進入更豐富多元的日本推理迷宮；如果，您還是推理世界的新手讀者，正好奇地窺伺門內的廣袤世界，就讓「日本推理名家傑作選」引領您推開推理迷宮的大門，一探究竟。從一根毛髮、一個手上的繭、一張紙片，去掀開一個角，去探尋、挖掘、對照、破解，進到一個挑逗您神經與腎上腺素的玄奇瑰麗世界！

DOUBLE JOKER

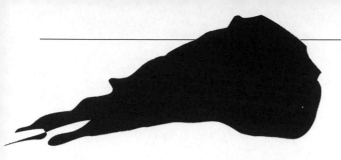

1

走廊的腳步聲來到房門前停下，拉門被打開，女服務生探頭進來。

「不好意思……」

跪坐在門檻處，神色慌張地往包廂內環視的，是一名兩頰通紅，一看就知道是鄉下人的小姑娘。剛才她還打翻端來的餐盤，就這家要價不菲的伊豆觀光旅館來說，這樣的待客方式實在有點粗糙。但她可能是才剛來沒多久，要不就是附近農家的女孩，利用家裡工作的空檔到旅館來幫傭。

包廂裡坐了七名男子。每個人面前都擺好餐盤，除了菜餚外，還放了幾壺酒。

眾人不約而同轉頭望向那名年輕的女服務生，她旋即滿臉羞紅，結結巴巴地開口：

「打、打擾各位用餐，非常抱歉。請、請問風、風戶課長在嗎？」

坐在上位的男子，將湊向唇邊的酒杯放回餐盤上，緩緩轉向她。此人有張黝黑的臉龐。年約四十，和其他人相比，顯然年紀稍長。

「我就是風戶，有什麼事？」

「有、有位訪客想見您。是位年輕的先生……可是……他堅持不透露姓名。只說和您有約……」

「來了嗎？帶他進來。」

風戶簡短應道，伸手拿起酒壺。

他豎耳細聽女服務生從走廊上離去的腳步聲，不發一語地朝在座眾人使了個眼色。

在座有六名年輕男子，個個都留著長髮，一身白襯衫加領帶。在包廂裡，他們脫去西裝外套，但身上仍穿著背心，盤腿坐在榻榻米上喝酒聊天。

「大東亞物產員工，課長風戶哲正及其他六名課員。」

住宿登記簿上除了記錄他們在東京的地址和電話外，還有這麼一行字。

剛才在包廂露臉的那名女服務生，一定認為他們是「到伊豆來參加研習的東京商社員工」。不過……

稍頃，剛才那名女服務生返回包廂。

那名仍舊兩頰通紅的女服務生背後跟著一名個頭矮小的男子，他縮著脖子抬眼看人，戰戰兢兢地走進包廂。那是個雙目細長，看起來很瘦弱的年輕男子。他膚色蒼白，可能是因為這個緣故，那對薄唇就像塗上了口紅般殷紅。

風戶招手要那名男子走近。

——然後？

他在男子耳畔問道。

「……那位客人今晚會來。」

年輕男子怯生生地左右張望，聲若細蚊地應道。不過話說回來，由於在座的其他六名男子都若無其事地閒聊，音量頗大，根本不必擔心兩人的對話會被其他人聽見。

「這情報可靠嗎？」

「他吩咐過我，今晚要將他平時放在庭院裡亂跑的狗繫在狗屋旁。還說『明天的早餐不必準備了。』……」

男子飛快地說道，風戶看著他的眼睛，這才滿意地點了點頭。

看來，今晚有人會到前英國大使白幡樹一郎的伊豆別墅拜訪，是確有其事。來訪者會在別墅裡的人都入睡後，趁深夜悄悄與白幡會面，所以他才會吩咐今晚得將狗繫好。之所以說不必準備早餐，想必是他很可能會與那名神祕訪客長談。

風戶朝對方肩膀拍了一下，遞出自己的酒杯。

「之前辛苦你了，來一杯吧？」

洩露這項重要情報的年輕男子叫森島邦雄，是白幡在別墅雇用的書生。

森島討好似地望著風戶，悄聲問道：

「那麼，上次那件事……可以饒過我了嗎？」

「你很符合我們的期待。」

風戶仍將酒杯遞向森島，說道：

「我要感謝你，就是這麼回事。懂我的意思嗎？」

森島一時露出詫異的表情，但是見對方臉上浮現毫無惡意的笑容，也就不自主地跟著笑了。

他恭敬不如從命，接過酒杯，將風戶替他倒的酒一飲而盡。

「喂，來人。開我們的車送他回去。」

風戶抬手，包廂裡的男子當中旋即有一人站起身。

森島急忙揮手辭謝，風戶朝他微微一笑。

「用不著客氣。送你一程，也是爲了我們自己好。要是一直沒看到你的人影，對方可能會起疑。」

森島頻頻鞠躬道謝，接著步出包廂。那名負責送他回去的男子則迅速轉身湊向風戶問道：

「……要怎麼處理？」

「殺了他。」

風戶簡短地說道，扯下他偷偷裝在手掌中的滴管狀容器。

「他已沒有用處。剛才我在他喝下的酒中滴進了安眠藥，等他睡著後，就把他從懸崖上推入海裡。裝成他自己失足墜落。」

「我明白了。」

男子悄然站起，快步朝森島追去。

風戶重新朝自己的酒杯裡倒滿酒。

酒的表面沉沉地搖晃，像波紋般映照出室內的燈光……

他舉杯一飲而盡，再次自言自語：

——殺了他。

2

一年前——

陸軍中校風戶哲正被陸軍參謀總部祕密召見。

「此事不得對外洩露」

在收到這份封面特地用紅字寫上這幾個字的召見函時，風戶已大致猜出自己爲何會被召見。

不久前，風戶曾向陸軍參謀總部提出一份報告書。

報告書中詳細分析歐洲列強的諜報機關，並且闡明帝都防諜的急迫性及陸軍內部設立祕密機關的必要性。

「在近代的戰爭中，情報的重要性愈來愈不容小覷……有鑑於英國的ＳＩＳ（註1）、法國的軍事情報第二局、蘇聯的ＧＲＵ（註2），以及德國Abwehr（註3）的存在，如今各國間諜不僅在國際社會，也在我帝都內暗中活動，此事已昭然若揭。

因此……爲了防範列強的間諜竊取我國的機密情報，我帝國陸軍應迅速且祕密地設立陸軍獨立的諜報員培訓所以及諜報機關……」

設立陸軍獨立的諜報機關，是風戶就讀陸軍大學時就開始醞釀的提案。

他當然也知道，陸軍內部至今仍存在著「間諜無用論」，而且根深蒂固。陸軍高層中，也有很多人至今仍沉浸在中日、日俄戰爭的經驗中，並根據這些經驗狂妄地說道：

——我陸軍自明治建國以來，不論哪一場戰役，都不用間諜這種卑鄙的手段。

而且，偏偏這兩次戰爭都「戰勝」，事情才會變得更加棘手。在這些主張間諜無用論的人士當中，甚至有人氣焰十足地主張：

——我帝國陸軍的戰略，乃是以光明正大爲宗旨，操弄此等苟且的計謀，是對統帥天皇陛下的侮辱。

然而，姑且不論中日、日俄戰爭，在科學技術日新月異的今日，若無視諜報防諜活動，想要順利推動戰局，可說是難如登天。

——一名優秀的諜報員，抵得上一整個師團的戰力。

風戶從他在陸軍大學就讀時便極力如此主張。他滿心以爲這次是因爲自己向那群頑固

註1：Secret Intelligence Service，英國祕密情報局，又稱MI6。一九〇九年成立，負責英國在海外的情報活動。

註2：Glavnoye Razvedyvatelnoye Upravleniye，俄羅斯參謀本部情報總局，一九一八年成立，負責俄羅斯國內外的情報活動。

註3：德國二戰時期情報機關。

的老頭力陳近來國際社會諜報戰的重要性，終於讓他們開了眼，了解到設立祕密諜報員培訓所及祕密諜報機關的意義，才會被參謀總部召見。

但當他在指定的日子前往參謀總部報到時，卻被帶往某個小房間，大出他意料之外。風戶打開門，發現桌子對面只坐著一個人，讓他十分訝異。

此人是陸軍中將阿久津泰政。

綽號「剃刀」的阿久津中將，是現今大日本帝國陸軍中的第二把交椅。就階級來說，風戶區區一名中校，根本沒資格直接和他交談。

「我已看過你的報告書了。」

理著軍人的小平頭，髮色花白的阿久津中將，雙肘撐在桌上，十指交纏，微微瞇起眼睛，以制式化的口吻說道。

「屬下深感光榮！」

風戶立正應道。他終究還是有所忌憚，不敢與對方目光交會。

「你不必這麼緊繃。」

阿久津中將臉上泛著嘲諷的笑容，說道：

「我今天並沒有在這裡和你見面。面對一名根本沒見過面的對象，你大可不必緊張。」

風戶仍維持立正姿勢，全身僵硬，只有微微點了點頭。

這是一場**從未存在於官方記錄**的會面。

在這裡說的一切，都不能對外洩露。

就是這個意思。

「……果然夠機靈。」

阿久津如此低語，而接下來他說的話，令風戶聽完後爲之瞠目。

「其實在我帝國陸軍內，早已設有祕密諜報員培訓所以及祕密諜報機關。」

阿久津中將沒任何開場白，便直接如此說道。

「你沒聽過這件事嗎？這也難怪。因爲那是個祕密機關。」

阿久津中將嘴角抽動了一下，簡潔地向錯愕的風戶道出幾項要點。

約莫在一年前，日本陸軍暗中設立了祕密諜報員培訓所。

通稱「D機關」。

由實際的提案人結城中校一手創立，因此是個極具獨立性與機密性的組織。

機關設立後，結城中校擔任培訓所所長，親自教導諜報員，同時率領他教導過的學員執行各種諜報任務。如今已交出不容小覷的成果，原本極力反對培訓間諜的陸軍幹部，雖然心有不甘，卻也都已認同其存在的必要……

「就算在陸軍高層間，也只有極少部分的人知道D機關的存在，是一項機密。就算你不知道此事，也是情有可原。」

經他這麼一說，風戶大感納悶。

他納悶的不是此事出人意料。現今在中國大陸的戰火擴大，歐洲情勢告急，就算**有人**想到要設立祕密諜報機關，或是早已暗中設立，都不足爲奇，也不令人意外。

問題是阿久津中將爲何刻意召見他，告訴他這項機密？如果早已成立諜報機關，面對風戶提倡要設立祕密諜報機關的報告書，上頭只要打從一開始就視若無睹，將它揉成一團丟棄，不就沒事了嗎？

「沒錯，我帝國陸軍早已設有祕密諜報機關。」

阿久津中將宛如早已看穿風戶的納悶，瞇著眼睛又重複說了一遍。

「不過，D機關與你的提議內容不太一樣。不，就某個層面來說，說它是令人無法接受的組織，也一點都不爲過。」

聽完阿久津中將說的話，風戶大感愕然。他不敢相信眞有其事。但阿久津中將特地召見他，沒道理對他說謊。這麼說來……

D機關是日本陸軍生下的怪胎。

之所以這麼說，並非是指D機關雖隸屬於軍中組織的兵務局，卻沒有向其直屬長官兵務局長報告的義務（雖然這在軍中算是特例中的特例），或是它透過非正規管道從機密費中調用龐大的資金。

最令風戶難以置信的是，D機關雖然是陸軍組織，但採用的對象卻**不是**陸軍大學或陸軍士官學校的畢業生，而是錄用**非軍方人士**（例如東京、京都的帝大、早稻田、慶應，甚至是英美的大學畢業生），對他們進行諜報員訓練，使其參與作戰。

在軍中，不分陸軍和海軍，像「除了軍人以外，其他都不是人」或是「不是人」的這些說法，都是毋庸置疑，不辯自明的眞理。

在軍中用語裡，把軍人以外的人統稱爲「地方人」，認定他們不值得信任。

——爲什麼？爲什麼諜報機關非得任用地方人不可……？

阿久津中將朝眉頭深鎖的風戶瞄了一眼，接著低語道：

「……天保錢沒用處。」

「咦？您說什麼？」

風戶不自主地反問。

「天保錢（註）」，或稱作「天保錢組」。

因爲它與畢業徽章的形狀很相似，所以陸軍大學畢業的人都用這個稱呼。

陸軍大學——通稱「陸大」，是大日本帝國陸軍爲了培訓參謀設立的專門教育機關。在一畢業就成爲軍官的陸軍士官學校畢業生當中，只有不到一成的人能獲准進陸大就讀。

風戶本身也是，當初他能進陸大，先是在擁有兩年以上部隊勤務資歷的眾多尉級軍官中接受選拔，才獲得報考資格。在眾多考生中，通過兩次嚴格考試，從中脫穎而出的人，才能獲准進陸大就讀。正因如此，陸大畢業的「天保錢組」與其他不是陸大畢業的「無天

註：天保錢是江戶時代末期到明治年間使用的貨幣，中間有個圓孔。而陸大徽章則是中間爲星星，兩者略微相似。

組」有明確的區隔，幾乎可以保證他們將來人人都會是將級軍官，堪稱是菁英中的菁英。別在軍服右前胸，晶亮燦然的「天保錢」是陸軍菁英的證明。而另一方面，他們也成爲「無天組」嫉妒的對象，因而從昭和十一年（一九三六年）後，全面廢除頒發「天保錢」，甚至要求已持有者「禁止在公開場所佩戴」。

「當初設立D機關時，結城曾經說過，」

阿久津中將隔著他交纏的手指，緊緊注視著風戶，接著緩緩說道：

「『陸大畢業的傢伙沒有用處，我絕不讓天保錢組的人在D機關裡進出。』」

風戶感覺到自己血氣直衝腦門。

他咬牙切齒，甚至發出了磨牙的聲音。眼前因極度憤怒而泛紅。

——太瞧不起人了……

風戶瞇起眼睛，在他泛紅的視野中，狠狠瞪視著他從未見過的結城。

3

風戶馬上奏請參謀總部設立新的祕密諜報員培訓機關。

兩週後，風戶離開本隊，編制在參謀總部兵務局下，暗中設立新的機關。

軍隊也是官僚組織，各種事務手續總是理所當然地曠日費時。在這種環境中，能以短短兩週的神速批准設立要求，當然是因爲有阿久津中將在背後幫忙。阿久津第一名的成績畢業於陸大，是所謂「天皇恩賜的軍刀組」。不難想像他對結城中校從陸大教育的言詞感受到的不悅猶勝風戶。

不，不只是阿久津中將。

風戶加入兵務局後，不久便察覺一件事。

在陸軍高層少數知道D機關的要員當中，一定存在著對D機關強烈的不滿，或是難以消除的厭惡感。

舉例來說，風戶為了設立新的諜報機關所提出的要求，不論在資金方面還是人才方面，幾乎全都即時，而且毫無限制地獲得認可。明白「間諜無用論」的觀念至今仍根深蒂固的風戶，起初頗感意外，看來是高層對D機關的強烈反彈，排除了所有設立新諜報機關的各種障礙。

地方人組成的祕密機關。

這是足以引發陸軍內部強烈反感的要素。

對D機關的厭惡感一直在軍中悶燒，可能就是起因於此。

「那班人……」

風戶曾聽某位知道D機關的軍中幹部，在酒席中就像要吐出什麼穢物般，皺著臉說出這番話。

「那班人竟然被灌輸『不管發生什麼事，都不能自殺或是殺人』這種觀念。不能自殺？不能殺人？光想到他們也算是我堂堂大日本帝國陸軍的一員，我就想吐。不是嗎？」

──說得一點都沒錯。

風戶在心中暗自點頭。

軍隊是個默認殺敵或被敵人所殺的行爲的共同體。在軍隊內提倡「不能自殺」和「不能殺人」，可視爲背叛這個共同體的行爲。

從結果來看，D機關是錯放進陸軍這個蘋果箱內的爛蘋果，是會害周遭也跟著腐爛的危險異物。

因此，曾以某種形式和D機關接觸過的軍方人員，就算不了解詳情，也會聞出他們身上散發的腐敗氣味，因而本能地感到排斥和厭惡。

對既有的諜報機關所產生的排斥和厭惡感，成爲設立新諜報機關的助力。

此事說來諷刺，但是對風戶來說，卻是求之不得的情況。

取得陸軍高層支援的風戶，主要從陸軍士官學校及憲兵學校中審慎挑選成績優異的人才。

諜報活動是「卑鄙的工作」。不過因爲獨立性高，對這種工作感興趣的人一定多得是。必須從中選出適合的人才，施以諜報員教育。而率領這些人組成的諜報機關進行諜報活動，也全由風戶一手包辦。

因此，他雖只有陸軍中校的位階，卻擁有破格的權限。

風戶爲了實現自己醞釀許久的計畫，不分晝夜地投入任務中，而且不以爲苦。

他認爲這項工作是自己的天職，並深信在這項領域上，再也找不到比他更有

了。

一個月後，一切已大致準備完善。

通稱「風機關」。

其主要任務內容為培訓祕密諜報員，以及從事帝都的防諜諜報活動。

風戶一面組織風機關，教育網羅的人員，一面暗中調查D機關。

——結城對那些半地方人進行何種教育？

這幾乎可說是風戶唯一感興趣的一點。

為了培訓諜報員，陸大教育所研究的高等戰術和戰略，以及軍制和幕僚要務等，他一概不參考，因為目的不在培育軍中參謀。D機關所進行的諜報員培訓教育，肯定內容既罕見又特殊，此事不難想像。

然而，他的調查馬上被重重神祕的厚壁所阻擋，正如阿久津中將所言，就連風戶的直屬長官兵務局長，對D機關的具體內容也一無所悉。

不過，只要懂得如何打聽，就算是隔著層層厚牆，一樣可以取得情報。舉例來說……

D機關成員雖都是陸軍少尉的身分，但全都留著長髮，身穿西裝，寄宿在一般民宅中。而且跟一般上班族一樣，每天帶便當到D機關上班。

此外，在D機關內只要有人提到或是聽聞陛下的稱呼而立正站好的話，似乎就會被課以高額的罰金……

面對蒐集到的這幾項情報，風戶不禁嘴角上揚。

同點。

——還眞像。

之所以笑，是因爲他心中如此暗忖。

事實上，D機關的訓練內容，與他從陸大時代便一直構思的諜報員培訓教育有許多共同點。

——這個和我有同樣想法的人，到底是個什麼樣的傢伙？

風戶對主導D機關的結城中校頗感興趣。他試著從陸軍士官學校及陸大的畢業紀念冊中翻找，但完全查不到這個名字。

——難道他不是陸軍士官學校及陸大的畢業生？

風戶側頭感到納悶。別說陸大了，連陸軍士官學校都沒唸過的人，實在不可能有一手組織諜報機關的能耐。聽說結城中校昔日是一名傑出的祕密諜報員，曾潛入敵國工作。很難相信傳聞的內容全部屬實，但他可能眞的從事過類似的任務。若眞是如此，他會不會是使用某種方法，竄改了記錄？也許他原本用的就是假名……

——算了，反正不久後我就會揭穿他的眞正身分。

他低語著，闔上紀念冊。

不管主導D機關的人是誰，都不是什麼大問題。重要的是……

風戶腦中浮現阿久津中將說過的話。

「……我不想用兩張鬼牌。」

那天，風戶結束那場意料之外的會面，正準備離開時，阿久津中將低聲朝他背後說：

「不需要兩張同樣的牌，其中一張只是備用。」

風戶不發一語地頷首後離開。

他自認很清楚阿久津中將的話中含意。

目前陸軍內部與諜報活動有關的指揮命令系統呈多頭馬車的狀態。結果諜報作戰的執行如同無頭蒼蠅，一團混亂。就像前些日子，被派往同一現場的憲兵隊隊員在不知情的情況下逮捕對方，老是惹出這種令人啼笑皆非的烏龍事件。

陸軍內部向來嘲諷諜報活動是「特種行業」的風潮如今造成了反效果，惹出這種難看的風波。不過據說阿久津中將聽聞此事後，大爲震怒，綽號「剃刀」的阿久津中將親自出馬解決此事。這麼一來，今後指揮命令系統肯定能統一管理。

是風機關，還是D機關？

到底「不需要」哪一方？

是我吃掉對方，還是被對方吃掉？

機關的活動不單只是以防衛帝都的祕密情報爲目的，還得相互競爭，謀求組織的生存。

如此思忖的風戶，在口中一再重複同樣的低語。

——最後存活下來的人一定是我們。

根本不必去細想結果。

生存競爭對後方追趕的人有利。

這是自然界的法則。

較晚成立的組織要追過早先成立的組織，只需要做到一點。

那就是「利用能利用的東西，其他一概捨棄」。

就是這樣。

4

風戶將針對D機關蒐集到的情報分成兩大範圍。

分別是「應該利用」和「應該捨棄」。

就「應該利用」這點來說，例如所有機關內成員都得留長髮，穿西裝，僞裝外表，絕不能讓人看出陸軍軍官的身分。還有，要訓練學員不會一聽到天皇就做出「立正」姿勢。一聽到天皇就馬上反應，做出「立正」姿勢的，只有軍人。不管外表再怎麼佯裝成地方人，只要一聽到「天皇」兩個字就洩露身分，那就不配當一名諜報員。

此外，D機關所進行的特殊教育，例如從監獄裡帶來專業小偷和破解金庫的慣犯，請他們進行技術指導、魔術師的撲克牌換牌法、舞步和撞球技術的指導、找來歌舞伎中男扮女裝的旦角傳授變裝技術，甚至有專業的小白臉示範如何對女人花言巧語，這一切，風戶都毫不猶豫地用在風機關的教育訓練中。

——可以利用的部分，要連肉帶骨啃個乾淨。

就是這麼回事。

另一方面，有哪些事該捨棄，同樣也很清楚。

那就是D機關一開始灌輸的那些莫名其妙的行動原則——不能自殺、不能殺人。既然諜報機關是陸軍的內部組織，就絕不能認同這種會讓組織的根本腐爛動搖的原則。顯而易見，設立這種禁止項目，是妨礙諜報活動，作繭自縛的行爲。

爲了超越先設立的D機關，風戶反而向機關成員徹底灌輸另一種觀念。

——毫不猶豫地殺人。

——死得乾脆。

這一點都不難。對從小就受軍事教育的人來說，奉命「殺人」和「自殺」是很自然的事。

諜報機關的成員該學習的，反而是達成這項目的所需要的「最合理方法論」。

風機關常聘請厲害的外科醫生，並實際使用眞人的屍體講解解剖學。要用槍枝或刀刃讓對手一擊斃命時，該對準哪個部位下手？反之，要讓對手嘗到最大的痛苦，卻又不至於喪命時，又該怎麼做？刀刃的方向、角度、手腕的運用、施力的大小，都經過實地訓練。而另一方面，槍枝要選用何種口徑，在何種距離，或是使用何種子彈，能對人類肉體造成何種傷害，這些都做過各種實驗。

風戶在設立風機關的同時，已說服阿久津中將，設立用來開發謀略器材的祕密研究所。他們開發出無色透明、無味無臭、無法檢測出的全新毒藥，爲了使用這種毒藥，他們針對如何在用餐時，可在不被對方察覺的情況下，於飲食中下毒的方法，以及所需的器具（例如形狀不起眼，可藏在掌中的滴管狀容器），進行各種研發。

風戶依序派遣機關成員到華北前線的憲兵隊，以作爲訓練的補強。目的是**讓他們實際動手殺人**。

在中國大陸，因昭和十二年（一九三七）盧溝橋事變而引發的中日戰爭，已開始陷入泥淖，呈現僵局。剛開戰時，本以爲中國軍會馬上投降，但沒想到他們一直頑強抵抗，一味擴大前線範圍。而且理應已被日軍「解放」的當地農民，都成了中國重慶政府的間諜，一一向他們密告日軍的動向。

在這樣的政治局勢中，風戶指派機關成員的任務，是假造身分潛入派遣華北的憲兵隊，在敵我雙方都沒察覺的情況下，暗中「收拾」被舉發的中國間諜。

躲在暗處使用刀槍。或是偷偷讓對方服毒身亡。

方法全憑成員自己作主。任務的條件只有一項。就是在親自下手時，得親眼目睹對手嚥氣。不過，萬一在處決對手時被人發現，得當場自盡，不能讓人知道自己的身分。

風戶要求機關成員，不論是親手殺了敵人，還是同伴在面前遭人所殺，都要面不改色地達成任務，成爲一名冷酷無情的戰士。爲此，得鍛鍊「冷酷無情」。

等到派遣至華北的機關成員，平安完成最後訓練返回後，風戶這才滿意地露出笑容，對他們說一句，「這樣你就算是我們的一員了。」伸手和對方握手，並轉爲嚴肅的口吻，要求對方跟著複誦。

「我們是帝國軍的祕密戰士。應奉行天皇聖諭之精神，貫徹大義。」

複誦完畢回禮的機關成員，一定可以看見他們眼中棲宿著唯有親手殺過人的角色才有的寒光。

風機關的成員，全都是胸中刻畫了大日本帝國陸軍的驕傲，冷酷無情的戰士，殺人不眨眼，被殺不皺眉，堪稱日本陸軍最強的精銳。

不過是由「地方人」組成的D機關，全都是不曾親手殺過人，也沒抱持必死覺悟的人。光是想像風機關敗在他們手下的模樣，便覺得這個念頭愚不可及。

5

「你好像辦得挺有聲有色的。」

阿久津中將朝立正敬禮的風戶瞟了一眼，低聲說道。

「讓您費心了。」

風戶表情不變地應道。

暌違多時，再次被阿久津中將召見的風戶，同樣被帶往參謀總部內的那個昏暗房間。微微的霉味撲鼻而來，這應該是阿久津中將用來和人密會的房間，平時鮮少使用。

兩人都未追問彼此所言爲何。

設立至今已將近一年，風機關已展現不少亮眼的成果。

數天前，他們才剛收拾兩名重慶政府的間諜。

首謀是常在中國領事館出入的一名楊姓商人。風機關的成員在監視楊姓商人時，得知他常和某位法國神父在教會裡碰面。當他們闖進教會，打算掌控現場時，那名法國神父突然拿出身上的氰化鉀，服毒自殺。楊慌張地逃離現場，機關成員隨後緊追，將他逼入一處老舊倉庫裡，加以射殺。

兩人的屍體都被暗中處理。之後，法國和中國的領事館向日本陸軍詢問兩人的下落，當時陸軍以阿久津中將的名義回答對方，「他們是自行消失，下落不明」……

阿久津中將微微瞇起眼睛，再次開口低聲向風戶詢問：

「他們真的是重慶政府的間諜吧？」

「是的，不會有錯。」

風戶很肯定地回應。

從被射殺的楊姓商人住宅以及自殺的法國神父身邊，並未發現可以證明他們進行間諜行為的物證。但至少從神父自殺以及楊姓商人逃走的行徑來看，背後肯定有不可告人之處。就算他們不是間諜，對這些疑似有間諜行為的人採取嚴厲的處置，會讓真正的間諜膽顫心驚，應該有助於強化帝都的防諜工作。

——可疑人物就該加以排除。

風戶對自己的判斷沒有一絲懷疑。

「算了。這種事不重要。」

阿久津中將低語著，往後仰身，靠向椅背。

「你知道這號人物嗎？」

阿久津中將從抽屜裡取出一張照片，從桌上滑向風戶。

他朝照片瞄了一眼，點了點頭。

白幡樹一郎。

昔日擔任過英國大使的前外交官。今年六十二歲。白幡生在富裕之家，深受岳家權勢的庇陰。說好聽是豪放不羈，說難聽一點，則是不改大少爺脾氣，個性好強，過去常有惹人爭議的言行。

「日本唯有與英美這種自由主義的海洋國家攜手合作，國家才有發展，與軸心國結盟有何好處？應該早日與納粹德國劃清界限，努力與英美握手言合才對。不過，英美願不願意搭理我們，還是個問題。」

現今日本與歐美的對立日漸嚴重，與德國的關係則是愈來愈密切。在這樣的局勢下，他仍敢公然散播此等言論，毫不忌諱。

最近他惹軍部不悅，被撤離外交崗位。目前應該是在他位於伊豆一帶的別墅裡閉門思過才對……

風戶回想目前得到的情報，皺了眉頭。

有鑑於近來的國際情勢，日本要與英美握手言合，已是不可能的事。如果白幡的發言是認眞的，那只會讓人懷疑他腦袋有問題。

——派人監視白幡。

阿久津中將的命令令風戶略感困惑。

一名在家中閉門思過的老人，應該不會有什麼大問題才對。這名頭腦有問題的前外交官，這次到底是捅了什麼簍子？

但阿久津中將接下來說的話，卻不禁令風戶懷疑起自己的耳朵。

——白幡有盜閱《統帥綱領》的嫌疑。

阿久津中將面無表情地說道。

《統帥綱領》。

書中集結了日本陸軍的戰略思想及基本的戰術思想，被指定爲最高等級的「軍事機密」。

它不同於其他律令範本，不採取像軍令這類的公開手續，只有特定的將領在嚴密的規定下才准許閱覽。

節錄《統帥綱領》的一部分編纂而成的《統帥參考書》是陸軍的兵學教科書，不過它是「軍事機密」次一級的「等同機密處理」，只有陸軍菁英的陸大生才能閱覽。

如今軍事機密《統帥綱領》遭人盜閱。

如果此事屬實，那事態可就非同小可了。然而……

一個理所當然的疑問馬上浮現風戶腦中。

前外交官白幡又不是軍人，應該不可能有機會接觸《統帥綱領》才對。

「……是不是發生了什麼『疏失』？」

風戶極力壓抑情感，如此詢問。

只能猜測是某位陸軍高層所犯的疏失。

阿久津中將沉默了半晌，以指尖敲打著桌面。

「我不能告訴你對方的名字，你聽就好了。」

他先說了前提，這才娓娓道來。

前些日子，白幡到陸軍省拜訪某位陸軍幹部。兩人是舊識，儘管之前基於各自的立場，彼此關係稱不上良好，但還是一直維持見面交換意見的關係。

白幡來訪後不久，那名陸軍幹部因爲某個案件被大臣找去，辦公室大唱空城計。他本以爲很快就會回來，但沒想到多花了一點時間，等到他返回辦公室時，白幡已經離去。

這時，他發現桌上擺著那本《統帥綱領》。

而且有被人動過的痕跡。

他急忙詢問秘書，得知白幡一直獨自待在他的辦公室裡。

待了約莫有三十分鐘之久。

據說白幡在擔任外交官時，能以飛快的速度閱讀文件，而且連文章內的瑣碎數字都能全部牢記腦中，他這項過人的絕技令周遭人頗爲忌憚。倘若白幡翻閱過《統帥綱領》，那麼，就算他將書中內容全部記在腦中帶走，也不足爲奇……

聽聞此事後，風戶因不悅而皺眉。

——就這樣將軍事機密擺在桌上？

很難想像會有這種疏失。

——與白幡是舊識……會是誰？

旋即有幾名幹部的臉孔浮現他腦中。但現在不是找尋犯人的時候。

「白幡近日有可能會和英國間諜接觸。」

聽到阿久津中將這句話，風戶默默頷首。

白幡素以「親英派」聞名，他的動向當然會引來英國間諜的關注。一旦他們得知白幡握有重要的機密情報，一定會試著與他接觸。

絕不能讓英國知道《統帥綱領》的內容。

如果是白幡，很可能會藉此來挖苦陸軍。不，是一定會這麼做。

若眞是如此，此次的事件反而是個好機會。

爲了取得情報，英國間諜一定會直接與白幡接觸。只要能當場扣押人證物證，就能確實「解決」一名目前還不知道的英國間諜。非但如此，只要能以間諜的嫌疑逮捕「親英派」的白幡，那些無視於國際情勢，至今仍擺出親英美姿態的國內知識分子，也將顏面掃地。

這堪稱是轉禍爲福的絕招。

非但能以諜報機關的身分揚眉吐氣，反過來還能賣個恩情給惹出這項「疏失」的陸軍幹部。

——這是個不錯的交易。

爲了儘早開始任務，風戶默默向阿久津中將行舉手禮，轉過身去。就在他剛伸手搭向門把時，背後傳來低沉的聲音：

「同樣的情報，我也傳給了D機關。……這樣你知道了吧？」

風戶頓時爲之一僵，但他頭也不回地離開房間。

6

阿久津中將打算藉由這件事，讓他和D機關競爭。求之不得。

風戶從精銳齊備的風機關中挑出六名好手，親自率領他們展開作戰。

作戰開始時，他先做了幾項僞裝。

爲了掩飾機關成員的假冒身分，他挑選大東亞物產當幌子。

大東亞物產是確實存在於東京的貿易公司。

因爲他們提供陸軍物資，透過這層關係，大東亞物產過去常接受各種奇怪的委託工作。在這次的作戰期間，萬一有人打電話到公司裡詢問，他們也會回答：

——風戶課長及其他六名公司員工，出差到伊豆參加研習。

原因一概不過問。

大東亞物產考量到他們與陸軍做生意的諸多**好處**，對這點程度的委託自然是不以爲意。

他們七人別上大東亞物產提供的正牌公司徽章，留著長髮，穿上西裝。他們在外頭一概不用軍中用語。就算交談時提到此次的作戰計畫，也會以暗號來稱呼，例如稱目標物白幡樹一郎爲「赫胥黎（Huxley）」，稱英國間諜爲「客人」，稱《統帥綱領》爲「主要商品」，就算有人聽他們交談，也會以爲他們在聊生意上的事。

在作戰時，他們以「競爭公司」的暗號來稱呼D機關。

風戶一面監視「赫胥黎」白幡樹一郎的動靜，一面派機關成員仔細查探理應也在監視白幡的D機關動靜。

這次的任務，並非只要逮捕與白幡接觸的英國間諜即可。倒不如說，眞正重要的是如何比D機關搶先下手。

但不管如何查探，白幡周遭始終感覺不到D機關的存在。

不過，這只能說是彼此彼此，反過來說，D機關的人要查出風戶他們的行動，應該也很困難才對。既然每個諜報機關都獨立活動，那麼雙方皆處在黑暗中摸索的狀態，也是理所當然。

因此，在多個諜報機關相互競爭下，查探彼此出的牌，看準下手時機，打出所有能出的牌，這點相當重要。

此次作戰，風戶最留意的當屬「設暗樁」。

所謂的設暗樁，是在目標物身邊找出會一一報告目標物動向的內應。

基本上是採脅迫與利誘的方式。

只要使用其中一項，或是雙管其下，大部分人都會輕易背叛自己親近的人或是恩人，成爲內應。其實它並不是一般人想像中那般困難的工作。

經調查後得知，白幡不愧人稱「少爺」的性格，都已經這個時代了，他的別墅裡還是雇用了爲數不少的人在照顧他。

有幾名書生、專屬的廚師、女侍、女僕、長工……

每天光是住屋裡的人，就不下十人。

風戶命機關成員仔細調查他們每個人的經歷。

但白幡的別墅在雇人時，似乎就已做過詳盡的身家調查，乍看之下找不出半個有陰暗背景的人。每個人的資歷都很乾淨。

照這樣下去，根本找不到機會「設暗樁」。

風戶雙臂盤胸望著報告書，目光驀地停在其中一名男子的照片上。

森島邦雄。

最近剛成爲白幡書生的一名男子，身材纖瘦。是個膚色白淨、臉形細長的青年，出生於京城。報告書中還附上他家人的照片。

風戶登時瞇起眼睛細看那張照片，喚來一名機關成員，命他再次對森島展開徹底的調查。

果不其然，森島邦雄並不是他父母親生的兒子。風戶光看照片一眼就看出這個可能性。雖然戶口名簿上登記爲「嫡子、長男」，但實際卻是他父親和朝鮮女人所生的孩子。在京城（註）出生，朝鮮女子。這麼說來……

風戶嘴角上揚。

此人是**半個**朝鮮人。

一旦公開此事，在現今的日本社會裡，不論於公於私，他會受到何等不利的對待，不用想也知道。再也沒有比這更適合用來威脅和利誘的把柄了。

風戶假裝在偶然的機會下接近森島，然後很快就「收伏」了他。

既然在目標物身邊得到森島這名內應，再來只有靜靜等候「客人」到來的時機了……

「……請給我一杯酒。」

一名機關成員移膝來到風戶面前。

風戶朝他遞出的酒杯倒酒時，男子以若無其事的口吻問道：

「屋裡少了插花，赫胥黎先生不會在意吧？要是他覺得不對勁，而叫客人今晚別來的話，那我們可就白忙一場了……」

「插花」指的是內應森島，「赫胥黎」指的是白幡。

森島通知今晚客人會來，風戶剛才已派一名機關成員開車送他回去，並暗中吩咐成員在半途殺了森島。爲此，他已讓森島服下摻了安眠藥的酒。

風戶停止倒酒的動作，頭也沒抬，以只有眼前的人才聽得到的低沉聲音說道。

——這是危險性高低的問題。

那麼多書生，少了其中一人，白幡會不會察覺還很難說。不，就算白幡發現，平時總是以「自由主義者」自居的他，應該會認爲那名年輕人夜遊去了，而不以爲意。

相較之下，若是森島回到別墅後，做出可疑的行徑，反而更爲危險。人是很不可思議的動物，背叛後的行爲舉止比即將背叛前更容易讓人一眼看出。最蠢的是，人們似乎總認爲「雖然我做了壞事，但只要我道歉，應該可以獲得原諒。」

自己所做的事，只能由自己來承擔責任。然而……

——身爲半個朝鮮人的森島，要期待他對此負起責任，根本就是不可能的事。

這是在此次作戰期間，風戶觀察森島所下的判斷。

風戶接過對方喝完後歸還的酒杯，重新在腦中確認今晚的行動步驟。

接下來他們全員會看準時間依序悄悄離開旅館，分別在白幡的別墅集合。

各自在事先指定好的位置上展開行動。

倘若有人從別墅裡走出，便當場逮捕。

註：首爾在朝鮮日治時期的舊稱。

預定闖入的時間是〇三〇〇。

所有人一起闖入別墅內，將「客人」連同白幡一起逮捕。

很單純的作戰計畫，不管是什麼情況，最後階段都要愈單純愈好。若是稍有差池，讓人察覺不對勁，就很可能在重要時刻功敗垂成。

準備工作要花心思安排，但最後階段則要盡可能單純。

這正是風機關的作戰方針。

風戶飲乾杯裡的酒，站起身，擊掌發出一聲清響。

「各位，聽我說。」

眾人視線往他身上匯聚。

「這場為期一週的研習，即將在今天結束。辛苦各位了。就只剩最後一項工作了……不用我多說大家也都知道，接下來得靠臨機應變。期待各位展現研習的成果。」

確認過眾人都默默頷首後，風戶滿意地揚起嘴角。

臨機應變。

這句話表示，闖進屋裡後，如果有意外的人在場（例如D機關的人），不容分說，一律逮捕。如果D機關這個組織真如阿久津中將說的那般優秀，便很可能透過某個方法查出今晚會有「客人」造訪白幡的別墅，而出現在現場。

——對方若是膽敢抵抗，就當場格殺。

風戶暗中下達這項指示。對方終究不是軍人。而且他們被灌輸「不能自殺、不能殺人」的觀念，不可能有膽子抵抗殺人或被殺都毫不躊躇的風機關精銳。要活捉他們應該不是難事。

間諜一旦被逮捕，身分曝光，就再也當不成間諜。不，當間諜被逮捕時，諜報機關就算不合格。

而另一方面，如果今晚D機關的人沒現身，便證明了他們這個組織的無能。不管怎樣，這都是擊潰D機關的絕佳機會。

——喂喂，你們可要振作一點。可以的話，最好自己現身吧。到時候……

「我會讓你們顏面盡失。」

風戶悄聲低語，朝著尚未謀面的對手，伸舌舐唇。

7

離預定闖入的時間還有十五分鐘……

風戶照預定時間，最後抵達白幡的別墅。

悄悄依序離開旅館的其他機關成員，應該已各自在別墅四周散開，到指定的位置上展開監視。

他們在事前多次確認過地圖，已將周邊的地理環境全牢記腦中。不管是誰，今晚在別墅裡進出的人，都休想躲過機關成員的監視。

隔著阻擋入侵者的高大鐵柵欄，可以望見別墅的正面玄關。

風戶走向路旁的大樹底下，朝看不見的對方低聲問道：

「……有什麼動靜嗎？」

「還沒。」

樹下傳來一個壓低的聲音。

對方遵照訓練的方式，完全消除自己的任何氣息。

風戶滿意地瞇起眼睛，自己也馬上與附近的樹木暗影合爲一體。

屏氣斂息，注視著正面玄關。

四周只傳來嘈雜的蟲鳴……

驀然間，他察覺不太對勁。

……？

未免太過安靜了。

根據調查，平時應該都有十多人住在白幡的別墅裡才對。雖然現在是深夜時分，所有人都已熟睡，但沒受過間諜訓練的普通人要完全消除自己的氣息，是不可能的事。氣息理應會傳向屋外，但不管怎麼查探，都感覺不出別墅裡有人。簡直就像……

風戶驀然一驚，從暗處現身。

剛才與風戶交談的那株樹後，瞬間流露出驚訝的氣息。

——你待在原地別動。

風戶低聲命令後，獨自前往別墅。

他伸手搭向大門的鐵柵欄，意外發現門竟然沒鎖。

他小心地不發出聲音，悄悄打開門，從微開的門縫擠進別墅內。

目光迅速往左右掃過一遍。

他旋即發現他要找的目標。

空的狗屋。

森島應該是這樣說的沒錯。

——他吩咐過我，今晚要將他平時放在庭院裡亂跑的狗，繫在狗屋旁。

看不到森島綁好的那隻看門狗。

不，不只是狗，屋內完全感覺不到人的氣息。

風戶已不再往四周窺探，他踩在鋪滿中庭的白砂石上，發出重重的腳步聲，朝別墅正面的玄關走去。

玄關大門果然也沒鎖。

他粗魯地推開門。

漆黑的屋內沒任何反應。

風戶一腳踩進別墅內。他當然早已將內部的平面圖牢記腦中。別墅的外觀是和洋混合的樣式，但內部則完全是和式建造。

他直接穿著鞋踩進走廊，闖進和室裡。

將一路連往屋內的拉門逐一打開。

昏暗的屋裡，別說人影了，就連一隻會動的貓也尋不著。

——怎麼會這樣……到底發生什麼事了？

風戶粗魯地推開擋在面前的拉門，快步往裡走。

當他打開別墅最深處，那間平時白幡當書房用的房間拉門時，不禁大吃一驚，停下了腳步。

一張擺在房間正中央的椅子上，坐著一個黑色人影。

此人全身無一處贅肉，窄細的身軀，可用過瘦來形容，在日本人當中算是高個子。他一頭長髮梳向腦後，儘管人在室內，卻仍戴著白色的皮手套。

風戶知道此人是誰。

結城中校。

獨自創立D機關，之後又獨自率領D機關的男人。與風戶有類似的想法，並付諸實行的競爭對手。不過……

「辛苦你了。」

黑影打破沉默，傳來低沉的聲音。

剎那間，風戶不禁感到背後冷汗直流。

——魔王。

不知在哪裡聽過的這句話，忽而浮現腦中，旋即復又消失。

8

他雙目圓睜，呆立原地。

就在這時，有個可能性從他腦中掠過。

今晚理應有英國間諜來訪，但白幡別墅裡的人突然全都消失無蹤，就像個空殼似的。而且從各個房間零亂的模樣來看，猜得出別墅裡的人是慌忙逃離此地。他們什麼也沒拿，帶著狗匆忙離去。就像早知道會被襲擊，趕著逃離似的……

「照這樣來看，是你洩露的吧……」

風戶好不容易才從喉裡擠出聲音來。

結城中校透過某個方法得知風戶他們今晚的作戰計畫，然後將情報洩露給白幡。

怎麼想都只有這個可能。他的目的是……

爲了不讓風機關搶先立功。結城中校害怕被他們的競爭對手風機關搶去功勞，D機關會爲此垮台。所以搶先洩露情報，妨礙風機關原本今晚要進行的作戰計畫……

他血氣直衝腦門，向坐在椅子上的人影跨出一步，同時破口大罵。

「可惡！你竟敢做這種事！你這是妨礙作戰！你看著好了，我一定會送你去接受軍法審……」

風戶話說到一半，沒能把話說完。

黑色人影身形微晃，緊接著下個瞬間，風戶猛然回神，發現對方尖銳的枴杖前端指向他眉間，幾乎快要擦破表皮。

「你冷靜一點。」

黑影再度打破沉默，低沉的聲音傳進他耳中。

「我們什麼也沒做。」

「什麼……也沒做？」

風戶被枴杖指著眉間，無法動彈，以嘲笑的口吻說道。枴杖前端散發出一股異樣的殺氣，彷彿只要他亂動，便會被挖出眼球，順勢被刺穿腦袋。他無法伸手拔出藏在腋下的手槍。冷汗從背後滑落。

「既然是這樣，那這又是怎麼回事？爲什麼這裡空無一人？白幡跑哪兒去了？」

「你記得今晚服侍你們的那名旅館女服務生嗎？」

枴杖從風戶眉間移開，來到他的右眼前停住。

「那名女服務生早看出你們的眞正身分是軍人。把你們的事告訴白幡的，不是我們，是她。」

旅館的女服務生？

聽他這麼說，風戶一時不明白是怎麼回事。

他想起打開拉門，神色慌張地往包廂內環視的那名女服務生的臉。兩頰通紅，十足鄉下人模樣的小姑娘。怎麼看都像是附近農家女孩趁家裡工作空檔來幫傭，她竟然能識破風戶等人周詳的僞裝，看出他們的眞正身分，而向白幡通報？怎麼可能會有這種事……

「你胡說……」

風戶低吼：

「像她那種小姑娘，不可能看穿我們的眞實身分。要是她知道我們的眞實身分，那也一定是你告訴她的……」

「恰巧相反。」

結城中校以冷漠的口吻應道：

「我反而是今晚從那名女服務生口中得知你們的眞實身分。」

「胡說，怎麼可能有這種事！」

他反射性地大聲嚷道，這時他突然發現一件事。

「你剛才說，你是今晚從那名女服務生口中知道這件事？這麼說來，你和我們住同一家旅館嗎？」

「怎麼，你沒發現嗎？我就在你隔壁包廂喝酒。」

他的聲音產生微妙的變化，令風戶腦中浮現某個畫面。

今晚風戶與機關成員在包廂裡舉辦宴會前，故意不小心打開隔壁包廂的拉門。爲了確認是什麼人在隔壁聽他們交談。對間諜來說，這是理所當然的確認工作。而當時——

隔壁包廂裡，只有一名年約五十歲，身穿傳統日本服裝的男子，與一名中年藝妓對酌，男子轉過頭來，那張側臉看起來相當和善，就像某家老店的大掌櫃一樣。難道那個人就是結城假扮……？

「我和藝妓喝酒時，那名女服務生走進來，悄悄對我說，『這位客人，您最好別大聲說話。因爲隔壁包廂的客人一定是軍人』。」

「怎麼可能……那個小姑娘不可能看得出來……」

風戶喘息似地說出心中的疑問，黑影聞言後似乎露出冷笑。

「我也很在意這件事，於是便問她，『妳怎麼看得出來？』結果那名女服務生一臉驚訝地告訴我：

『最近在中國大陸好像持續展開激戰，年輕人都被徵召入伍了。就連我們這一帶也不斷徵召新兵，如今健康的年輕人就像缺齒的梳子（註）一樣少得可憐。東京應該也和我們差不多吧？現在好像只有學生沒被徵召，根本不可能一口氣湊齊七、八個在商社或銀行工作身材壯碩的年輕人。就算他們留著一頭長髮，身穿西裝，說他們是來參加研習，但我看他們一定是軍人。』

聽她這麼說，我也覺得『言之有理』，對她頗爲佩服。」

黑影說完後，似乎自己也覺得好笑，輕聲淺笑。

「在現今這個男人愈來愈少的時代，女人對健康的年輕男性關心的程度，似乎遠超乎我們的想像。……經她這麼一提我才想到，這一帶還有另一個地方，也聚集了不少健康的年輕男性。那就是白幡的別墅。因爲有好幾名『身材壯碩的年輕人』以書生的身分，住在那棟別墅裡。這當然會吸引附近女人的注意。對了，就拿森島邦雄來說吧。像他這種膚色白淨的美男子，似乎在這一帶小有名氣。森島平時很少喝酒。那名女服務生連這個都知道。」

——可惡。

風戶在心中暗自咒罵。

我嚴重失算。

那名女服務生認得森島。

這麼一來，接下來發生的事就不難想像了。

風戶讓森島喝下摻入安眠藥的酒，然後命部下開車送他回去。那是速效性的安眠藥。也許鮮少喝酒的森島在坐上車時，就已顯得不太對勁。女服務生見狀，擔心森島的安危，因而打電話到白幡的別墅。

——有一群在我們旅館裡住宿的軍人，好像強迫森島先生喝酒。他們已開車送他回去，希望您那邊也能注意一下他的情況。

但等了又等，始終不見載送森島的車子到達。這是當然，因為風戶已命部下在半路將他推落海中，佯裝成意外事故。

白幡的別墅察覺有異，大為驚慌。

他們應該沒料到森島會遭滅口。

註：原文為「くしの歯が欠けたよう」，形容本來應該連綿不斷地緊密相連的東西東缺西少的樣子。

——喬裝成民間人士的軍人，把森島帶到某個地方去了。
白幡應該是這麼想的。
心裡有鬼的白幡，聽聞這項情報後，嚇得直發抖。
慌亂的白幡，決定今晚先逃離別墅再說。他帶走身邊的貴重物品和狗。
——可惡萬萬沒想到竟然會被一個鄉下丫頭看出身分……
憤怒和混亂在他體內亂竄。
「託您的福，幫了我一個大忙。」
黑影笑著說道：
「雖說是阿久津中將親自下的命令，但我實在不想爲這種東西花太多工夫。」
經他這麼一說，風戶才發現有一本筆記攤開在黑影的膝蓋上。
「哼，看來白幡那傢伙還沒痴呆。只是迅速看過一遍，就能寫出這麼多。要是他再年輕幾歲，連我都想挖角了。」
風戶不發一語，暗自吞了口唾沫。
《統帥綱領》。
白幡果然盜閱了機密文件，甚至還寫成筆記。
他馬上想伸手拿那本筆記，但那支抵在他面前的枴杖馬上制住他的動作。
「因爲有可怕的軍人要過來，他急著帶走它。不過我已事先掉了包。託你們的福，我才能不費力地解決此事。我得向你道謝。」

風戶半邊臉背對著那支抵向他的枴杖，低聲問道：

「你該不會……已看過那本筆記了吧？」

「怎麼會沒看？」

黑影以略帶驚訝的口吻說：

「如果我沒看，就不知道這是不是我要的東西了，所以當然看過。……內容還眞是愚蠢極了。」

「愚蠢極了……？」

那是白幡以他那過人的可怕記憶力記下的《統帥綱領》筆記，裡頭應該記載了日本陸軍最高機密以及高級統帥相關的大綱，而他竟然說內容愚蠢極了，這到底是……

「這裡頭所寫的東西，不過是戰略和戰術的各項理論原則罷了。」

黑影單手拿起筆記本，在臉旁微微甩動，曉以大義似地說道：

「戰略和戰術的各項理論原則，不管內容再怎麼傑出獨創，那也得要我方的高級指揮官熟知內容，而且能實地運用，才有意義。把它當成軍事上的重要機密，就像記載武術奧義的祕笈，這樣是想幹嘛？這樣不叫蠢，叫什麼？……這就是現今陸大教育，甚至是陸軍參謀的能力極限。」

「你說什麼……」

風戶咬牙切齒，發出嘎吱的磨牙聲。

這個人自己身爲陸軍中校，卻如此愚弄陸軍。

不過，陸大確實是培育大日本帝國陸軍菁英的機構。證據就是……

風戶朝牆上的壁鐘望了一眼。

長針就快指向十二。

風戶背向對方的半邊側臉，在對方沒察覺的情況下正暗自冷笑。

等〇三〇〇一到，布置在四周的風機關精銳，將一同闖進這座別墅。

他已審慎查探過四周的動靜，屋內果然沒有其他人。

——我實在不想爲這種東西花太多工夫。

這是結城自己說的話。

太輕視這次的任務，結果單槍匹馬來到這裡……照這樣來看，結城自己才是個蠢才。

阿久津中將這次指派的任務，與其說目的是取回《統帥綱領》，倒不如說是要他們證明風機關與D機關孰優孰劣。

一對七。

風戶不知道結城究竟有多厲害，但他要以寡敵眾，而且是一次對上多名武裝的風機關精銳，絕對沒有勝算。可以活捉他，將他帶到阿久津中將面前，讓他丟盡顏面，萬一結城以風戶當人質，頑強抵抗，就命手下直接射殺。到時候，機關成員會毫不猶豫地將結城連同風戶一起射殺。只要殺了結城，並收回白幡所寫的《統帥綱領》筆記，以結果來說，就算是風機關贏了。爲了達到這個目的，就算犧牲自己性命，也毫不足惜。

壁鐘已開始敲響。

一、二、三。接下來……

悄然無聲。

他等了又等，始終只傳來庭園裡喧鬧的蟲鳴。

——怎麼了？爲什麼沒人來？

「……六個人，是吧？」

黑影開口：

「剛才我們的人來向我報告，說發現躲在別墅四周的可疑人物，已將他們逮捕。一共六人，全部就這些了吧？」

風戶瞪大眼珠，他張口想說些什麼，但最後還是說不出話來。能用的招數，他應該都已經用了。可是卻……

走廊有個腳步聲接近，房間的拉門突然開啓。

一名年輕男子往內探頭。

風戶朝暗處定睛凝望，發現男子的身分，不禁倒抽一口氣。此人個頭矮小、五官端正。他膚色白淨，因爲這個緣故，一對薄唇紅如塗朱……

是森島邦雄。白幡的一名書生。

但風戶明明親自在酒中摻入安眠藥，讓森島服下，並派部下在開車送他回去的路上殺了他。森島怎麼會在這裡……？

「車子準備好了。」

森島向黑影如此說道，轉頭朝風戶瞄了一眼，投以微笑。這時他才發現，槍口從森島身旁露出，正朝向風戶的胸口。先前風戶熟悉的森島的怯懦模樣，此時已完全消失無蹤。

——怎麼可能有這種事……

風戶腦中極力想否定這擺在面前的事實，但不論他再怎麼否認，這都是不爭的事實。森島……不，風戶他們稱之爲森島的年輕人，是隸屬D機關的一名間諜。他那「半朝鮮人」的經歷，恐怕也是假造的。只要這麼做，其他諜報機關在調查白幡身邊的人物時，一定會挑上森島。森島的假經歷就像是一種警報機。結城中校打從一開始便已算好這點。果不其然，風戶他們被森島「半隱藏」的假經歷給釣上。他們接近森島，結果自己的行動反而全部攤在D機關面前。

今晚，森島達成對風機關進行反間諜的任務。他摘下假面具，反過來逮捕那些想殺他的風機關成員。而他「準備好」的車，應該也是他從風機關那裡奪來的車。

結城中校早在阿久津中將命他監視之前，就已盯上白幡，並派機關內的一名成員以書生的身分潛入白幡底下工作。

黑影拄著枴杖從椅子上站起，像在叮囑似地對風戶說道：

「白幡是我們目前僅存的幾個和英國溝通的管道。只要好好監視他，他還大有用處。不能因爲這種芝麻小事而對他出手。……不過話說回來，就算想逮捕他，也沒證據。」

——沒證據？這麼說來……

結城打算扣下那得來不易的《統帥綱領》筆記。

風戶儘管知道這點，但現在他已無技可施。

該用的招數他已全用上了。

但還是完全屈居下風。

輸得一敗塗地。

他將粉碎的自尊心收在胸中，強忍著不讓自己當場頹然倒地。光是這樣他就已用盡全力。

在令人暈眩的失落感中，他自己的聲音驀然在耳畔響起。

——還眞像。

先前面對蒐集來的D機關情報時，他心裡曾經這麼想。然而……

根本一點都不像。

結城幾乎完全不動，就只是利用風機關的影子秀一下，便完成這次的任務。只有怪物才想得出這種點子。一般人根本無法和他競爭……

「車子明天會還你。」

黑影留下這句話後，緩緩轉身。在他即將走出房外時，陡然停步，也不回頭，以低沉的聲音問道：

「你知道天保錢有什麼含意嗎？」

天保錢。

只有陸大畢業者才准佩戴，是頂尖菁英的象徵。在陸軍裡，是保證可以出人頭地的護照……

風戶沒回答，只見黑影緩緩轉過頭來，抬起枴杖，筆直地指向他的胸口。

就像被一箭射穿般，風戶完全無法動彈。

黑影保持同樣的語調，低聲接著說：

「昔日在江戶使用的天保錢，價值八厘。有句話說『體積雖大，卻連一錢也不值』，在外頭的社會，它有『傻大個』的意思。但不知為何，只有陸軍相關的人拿它用在相反的語意上。……就是因為這樣，連旅館的女服務生也能一眼看穿你們的身分。」

他冷然一笑，放下枴杖。

等到再也聽不見他從走廊上離去的奇怪腳步聲後，風戶才從動彈不得的束縛中掙脫。這時風戶才發現，結城指向他的枴杖前端，並不是隨便指著他的胸口。

而是指向他西裝右胸的內側口袋。

結城的枴杖準確地指出那理應看不見的地方。

那是結城這場魔術表演的眞正手法，只是他到最後一直沒公開。

旅館那名女服務生，其實並不只是因為風戶等人說的話，而看出他們的眞實身分。

風戶今晚等候森島到來的那段時間，在喝酒的包廂入口處脫去西裝，交由女服務生保管。但那名鄉下出身，笨手笨腳的女服務生，在將他的西裝掛向小房間的衣架上時，不小心掉落地上，偶然發現了某個東西。那就是從昭和十一年規定「禁止在公開場所佩戴」後，許多陸大畢業生都會這麼佩戴的東西，所以女服務生才會發現風戶他們是軍人。

——可惡，那個傢伙。把我給瞧扁了……

風戶把手探向西裝右胸的內側口袋裡，粗魯地將縫在裡頭的天保錢一把扯下，狠狠砸向地面。

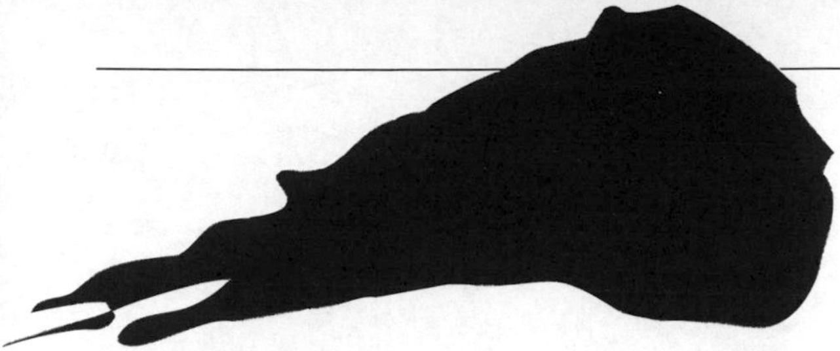

蒼蠅王

1

「我們從天津到這裡，一路都和我們的國軍弟兄一起搭貨車。」
「是啊。全部都貼上『戰地慰勞品』的標籤。」
「只有你才這樣。」
「只有我？眞的嗎？好，下次我就偷偷把那張標籤貼在你背後。上面寫著『這個人是貼了標籤的大壞蛋，請勿靠近』。」
「你可千萬別這麼做。」
「從早到晚，一直走在那空無一物的遼闊大地上，整天搖啊晃的。屁股底下的木板，上面只鋪了一片草蓆……噢，屁股痛死了，難怪猴子的屁股會那麼紅。」
「喂喂喂，竟敢拿軍人和猴子相提並論。」
「眞是對不起，吱吱！」
「別理這個傻瓜。那就是所謂的無蓋車。坐在上面，狂風猛吹，冰雨狂飄，冰霰迎面打來，甚至還有子彈飛來呢……」
「哪是什麼無害車，根本就有害車嘛。」
「說什麼無害有害。我說的是無蓋車，蓋子的蓋，也就是沒屋頂的貨車。」
「咦，是這樣啊？沒屋頂可眞教人頂不住啊。」

「你在搞笑是吧?眞拿你沒轍。你就別再挑三揀四了。這裡可是戰場呢。」
「咦,你說這房間有一千張榻榻米大(註)?沒想到這麼寬敞。各位,這裡可眞寬敞呢。」
「笨蛋,不是那個一千張榻榻米。我說的戰場,指的是國軍們打仗的地方。對了,你昨天不是才和弟兄們一起四處參觀過嗎?」
「是啊。敵方的士兵正在挖壕溝,我就算不用雙筒望遠鏡,也看得一清二楚。途中還被對方發現,朝我開槍呢。不過我馬上就挖了個洞藏起來,一點事也沒有。哈哈哈。」
「還笑呢。你可眞是好膽識。哎呀,眞了不起。讓我對你刮目相看。你剛來這裡時,還常說『怎麼辦、怎麼辦?這裡到處都是屍體,而且臉和手都被野狗啃得好慘。怎麼辦?』嚇得直發抖呢。了不起。」
「經你這麼一提,確實有這麼一件事呢。」
「瞧你說的……你已經都習慣了嗎?」
「你是傻瓜啊?難道你沒聽說嗎?那些全是中國軍的屍體,沒有日本軍的屍體。」
「說得也是。」
「裡頭偶爾也有頭和四肢都完好的屍體吧?」
「有啊。」

註:一千張榻榻米的日文爲「千疊」,與「戰場」同音。

「那是離家時和妻子吵架的傢伙。」

「什麼?」

「別叫我說那麼多遍好不好。你聽好了,『那些頭和四肢都完好的屍體,是離家時和妻子吵架的傢伙』。」

「哈哈,你是指『夫妻吵架,連狗都不理』那句俗語,對吧。」

「你是要逼著我把哏講出來是吧!」

「抱歉、抱歉。那我告訴你一件有意思的事,當作是賠罪。從前一陣子起,日本的商店和百貨店,不是將所有商品都標上價目牌嗎?」

「是有這麼回事。從那之後,都不能打折,很傷腦筋呢。」

「話不是這麼說,那價目牌和戰爭關係可大著呢。」

「價目牌和戰爭有關係?眞的假的?」

「你仔細想想。要是沒標上價目牌,商人就會拉抬價格。而買方也會開口殺價,『喂,輸一下啦(註1)』。」

「原來如此,戰爭時說『輸一下啦』,太不吉利了。」

「要是標上價目牌,商人就能正大光明的做生意了。會對客人說『盡量贏(買)吧(註2)』。」

「那我可眞是長知識了,趕快記下來。」

「順便再告訴你一件事吧。前年東京奧運不是取消了嗎?那也是爲了打贏這場戰爭。」

「這話怎麼說？」

「比起五輪（厘），這一戰（錢）更重要（註3）。」

「說得好。既然這樣，我也想到一件事。這裡的阿兵哥都是帥哥，而且又很擅長挖洞，你知道原因嗎？」

「阿兵哥個個都是帥哥，這是理所當然的事。因爲古諺有云『當花應爲櫻木，當男人應該爲武士』。不過，很擅長挖洞？這點你怎麼知道？」

「因爲壕溝比花香啊。」

「什麼？」

「我說，壕溝比花香……」

「應該是丸子比花香才對吧。」（註4）

「啊，對喔。」

「哈哈。難怪從前一陣子開始，你一有空閒就拚命挖洞。……對了，你昨天挖洞藏身

註1：日文中的「負けてくれ」，是算便宜一點的意思。

註2：日文的「勝」和「買」同音。

註3：五輪是奧運的意思。音同「五厘」，而「戰」和「錢」也同音。

註4：日文的諺語爲「花より団子」，意思是丸子比好看卻不能吃的鮮花來得好。団子（だんご）音近塹壕（ざんごう）。

的那段時間，竟然都沒被敵人的子彈打中，眞不簡單。」
「說這什麼話呢。這是當然的。那種東西不是那麼簡單就能打得中我。」
「這又是爲什麼？」
「因爲子彈只是偶爾才會打中人。（註）」

＊

這對漫才搭檔妙語如珠，機關槍似地說個不停。
藤木藤丸。
是這對搭檔的名稱。聽說原本名叫「Lucky · Chucky」，但昭和十五年三月，內務省將電影和唱片公司的主事者喚至警保局，指示他們「因時局之故，舉凡有違風紀、不敬，或是崇洋媚外者，一律改名」，所以這對組合也改了名。
那聽不太習慣的關西腔，起初令其他地方出身的人聽得一頭霧水。不過現在他們似乎已對這二人組節奏明快的「漫才」深感著迷，朗聲大笑，頻頻捧腹，甚至有人笑到流淚。
「各位國軍弟兄。」
漫才搭檔退場後，單獨表演的藝人十德五郎手持小提琴登場，環視會場說道：
「我在此先聲明一點。很感激各位嘴巴笑得這麼開，但也請各位小心，可別讓好不容易縫合的傷口給裂開了。請各位笑一下，忍一下。」

接著，這名藝人演奏小提琴，中間空檔時說些滑稽的笑話，會場馬上又被笑聲籠罩……

身穿白衣，從屋內角落觀看表演的陸軍軍醫脇坂衛的臉上掛著微笑，暗中環視四周。這是以野戰醫院簡陋的房間臨時設立的表演會場。

舞台周遭擺著病床，無法自行站立的傷兵們正在享受舞台表演。第二列則是頭纏繃帶、拄著枴杖，或是以三角巾懸吊手臂的傷兵。

觀眾當然並非只有傷兵。會場裡擠滿許多身穿軍服的日本兵，擠不進屋內的人都滿至通道和窗外了。

他望向從剛才就一直傳出嘎吱聲的頭頂上方，似乎有人爬上屋頂，從天窗往裡頭觀望。每次會場內響起哄堂大笑，便會有漆面剝落，讓人很擔心牆壁和天花板是否會就這麼崩塌。他身爲管理野戰醫院的「隨隊軍醫」，或許是時候該建議部隊長停止這場公演了。可是……

勞軍團到前線部隊勞軍的情形並不常見。而且這次的勞軍團還是「爆笑隊（わらわし隊）」。

爆笑隊。

註：「子彈」和「偶爾」的日文都是「たま」。

由東京的各大報社與大阪的興業公司聯手，爲了慰勞前線士兵而組織派遣的團體。它那古怪名字的由來，是各家報社看日軍的航空部隊常用「海上猛鷹」和「陸上猛鷹」這樣的用語，一般民眾的接受度頗高，所以也仿效「猛鷹隊」這個名稱。

想逗猛鷹隊笑。（註）

就是這麼回事。

脇坂再次環視現場，微微搖了搖頭。所有聚集在會場裡的軍人，全都緊盯著舞台，像孩子似地笑得東倒西歪，無比天眞。

在這種氣氛下，他實在無法開口說要中止演出。

脇坂泛著苦笑的雙眼，突然停在一名以三角巾懸著手臂，在舞台附近發笑的年輕士兵臉上。

陸軍二等兵西村久志。

他在昨天的戰鬥中左臂中彈，被送往野戰醫院，由脇坂親自爲他治療，是入伍剛滿一年的新兵。那是被子彈貫穿的傷口。所幸子彈沒擊中主血管，並無大礙，但西村二等兵因爲初次在戰場上受傷，情緒很激動，脇坂陪他稍微聊了一會兒。

他出生於山形，是一戶貧農家的四男，自願入伍從軍。

「總之，我想要領退休俸。」

脇坂問他爲何要自願從軍，西村聳了聳肩，意興闌珊應道：

「我只有尋常小學的學歷。要當警察和教員得通過艱深的考試，我沒那個本事。看來看去，就只有從軍不用考試。聽說只要當幾年兵就有退休俸，所以我就來從軍了……不過，那也得像這樣大難不死才領得到啊。」

他語帶自嘲地說道，當時他那灰暗的側臉，至今仍深深烙印在脇坂眼中。

貧農家的三男、四男，爲了「糊口」而自願從軍，這在現今的日本一點都不希奇。如果從軍戰死，政府會將這筆退休俸支付給死者的親人。爲了這項權利，親人們互相爭奪從戰地送回的遺骨的難堪場面，最近紛紛在全國各地上演。西村二等兵當初被送往戰地時，難保前來送行的親人當中，沒人在心中祈禱他「早日戰死」。

西村二等兵此刻專注地看著舞台表演，甚至忘了手臂的傷痛，像孩子般笑得天眞爛漫。

——一定要打造一個可以讓這些人歡笑度日的社會。

脇坂緩緩將視線移回舞台上表演的漫才，如此暗忖。

他再次於心中堅定地告訴自己。

——爲了這個目的，一定**不能讓日本在這次的戰爭中獲勝**。

註：猛鷹日文爲「荒鷲（あらわし）」，爆笑隊日文爲「わらわし隊」，わらわす是逗人笑的意思。

2

脇坂大他五歲的哥哥過世時，他才剛進當地的高中。

當時離家到京都帝國大學法學院就讀的哥哥脇坂格，於二月某個冷冽的寒夜，被闖進租屋處的特高警察逮捕。

罪名是違反治安維持法。

這種事件嚴禁報導，脇坂的家人有半個多月都不知道這件事。半個月後，租屋處的房東寄來一封信，他的父母這才得知孩子被捕的事，大爲錯愕。而且據信中所言，脇坂格在拘留所裡染上肺結核，病情每況愈下。

脇坂的父親以前受地方人士推舉，當過村長，算是地方上的名士。

父親接獲通報，先是對「家中名譽」受損感到怒不可抑。「斷絕父子關係」、「這和脇坂家一切無關」，家中痛罵聲此起彼落。但擔心哥哥病情的母親淚流不止，一再出言說服，最後終於奏效。父親心不甘情不願地請一名熟識的警方相關人士幫忙，將哥哥接了回來，讓他在家中療養。

看到三個月沒回過家的哥哥，當時只是高中生的脇坂嚇得說不出話來。哥哥兩頰瘦削，顴骨高聳，只有那對像是因高燒而迷濛的眼珠，始終左右張望。教人不敢相信與之前那活潑開朗，總是笑臉迎人的哥哥是同一個人。

當時哥哥已無法自己行走。醫生診斷，這是極度營養失調所致。此外，爲了替他更衣而脫下衣服一看，全身都是遭人拷打的傷痕。父親對返回老家的哥哥一句話也沒說。不，是避而不見。父親不許脇坂靠近哥哥，就只有母親一人負責照料。母親既沒說，也沒問，就只是在一旁照顧哥哥，半個月後，哥哥在家中過世時，她只是一味地哭。

哥哥的喪禮辦得很隆重。

由於此事未對外公開，所以當地人都對前村長的兒子不幸因肺結核而死，感到不勝唏噓。

辦完喪禮後，身穿高中制服代替喪服的脇坂，被喚至家中的客廳。他被迫端坐在父母面前，父親告訴他哥哥這次犯下的醜事，並提醒他現在是脇坂家的繼承人，不能再辱沒脇坂家的「名譽」，要他好好反省、奮發上進。脇坂默默聆聽父親訓示。他之所以什麼也沒說，是因爲不忍再看到母親那憔悴、悲傷的模樣。

當時脇坂心裡想的是另外一件事。

哥哥以前回家時都會對他說的事。

目前社會的實情。

都市新潮的繁榮景象與農、漁村貧困的落魄光景，可說是天差地遠。財閥與軍部掛勾。獨善其身的高級官員。利用國家中飽私囊的政治家。爲了獲取微薄的退休俸，父母祈求兒子戰死，或是陸續把女兒賣給娼寮，這正是目前農村的實情。理應報導實情的新聞記者，如今卻靠軍方的機密費吃香喝辣，最後甚至還開口閉口尊稱「皇國」、「皇軍」，淨寫些歌功頌德的報導，充當軍方的走狗，一點都不引以為恥……

「這社會不能一直這樣下去。現在的狀況實在太悲慘，但正因為如此，我們才非得親手改革不可。」

他想起先前哥哥如此說道時，那晶亮有神的雙眸。

為什麼結果會是這樣？

「衛，你聽好了。你哥他走了歪路，他那是鬼迷心竅。你千萬不能學你哥那樣，你就把他忘了吧。」

父親說的話，聽起來無比遙遠，脇坂不發一語地頷首，心中卻在吶喊。

——才不是！哥哥並沒有錯。他的想法是正確的。殺害他的世人才有錯！

喪禮結束後不久，他偶然在閣樓房間裡發現哥哥私藏的書籍和筆記本。

脇坂瞞著父母，貪婪地閱讀哥哥遺留的書籍和筆記。

裡頭所寫的，是「有形」的人類歷史。

原本人類是藉由勞動而結合在一起。各自分離存在的人類透過勞動，才能成為「相似的存在」，而結合在一起。自發性地交換藉由勞動創造出的價值，能創造出更富裕的社會。但這當中存在著一種不好的結構，會奪走勞動的意義，那就是資本主義。在資本主義社會下，勞工必定會遭到打壓，人們就此成為物質的奴隸。人們疏遠勞動的結果，會使自己變得像沙粒般渺小。

這正是現今在這個國家四處蔓延的諸惡根源，也是一切矛盾的主因。

到底該怎麼做才好？

得從資本家手中奪回勞動，由勞工獨占各種生產方法。驅逐軍部、財閥、官僚，進而打倒天皇制，這樣才會有一個理想的社會。由勞工親手建立政府，亦即共產主義社會的到來。

唯物史觀。

那些把單純的颱風稱作神風，大驚小怪的傢伙，看起來愚不可及。照唯物史觀來看，共產主義社會的實現，是歷史上必然的結果。

脇坂感到茅塞頓開。

在這黑暗的現實前方，應該有個光明的未來在等著他。

這種想法在現今的日本，是嚴格禁止的危險思想，這點連身為高中生的脇坂也很清楚。

他知道自己就讀的高中裡，也有個暗中研究共產主義思想的圈子。但脇坂完全不想和他們有所接觸。這當中有幾個原因。一是因爲同學們組成的圈子相當排外，而且個個都擺出一副菁英的模樣，但這個組織看起來既脆弱，又幼稚（事實上，他們不久便被警方逮捕，離開了校園），二是因爲他不想再讓母親難過。

哥哥死後，母親明顯蒼老許多。她變得沉默寡言，不時獨自黯然落淚。

——如果現在我和哥哥以同樣的嫌疑被逮捕，她一定會精神崩潰。

這個念頭阻止了脇坂參加政治運動的念頭。脇坂在不被任何人發現的情況下，一方面暗中研究共產主義思想，一方面學業也沒怠惰，以優異的成績自當地的高中畢業。之後他決定到東京的醫科大學就讀。

脇坂決定走和哥哥完全不同的路，似乎令父母鬆了口氣。

但其實他這項決定另有原因。

脇坂研究哥哥遺留的筆記，發現當中有一段耐人尋味的文字。起初他不懂當中的含意，但有一次他無意中發現，那是哥哥遺留的暗號。脇坂回想起小時候，他曾和哥哥兩人沉迷於暗號遊戲中。

暗號就像死去的哥哥寫給他的信。

上頭寫著東京某個地址和暗號。

開始到東京醫大就讀後不久，脇坂便下定決心，前往拜訪筆記上所寫的地址，留下暗號。

過沒多久，他便與一位名叫「K」的人接觸。他馬上明白，K不像其他學生一樣，是半遊戲心態的左翼運動家，他是如假包換的革命家。爲了實現理想的社會，就算捨命也不在乎，擁有鋼鐵般的意志。

經過幾次謹慎的審核後，脇坂終於獲得認可，成爲K的同志。

脇坂衛就這樣成爲莫斯科的間諜。

3

第一次的勞軍公演結束時，脇坂悄悄離開擠滿士兵的簡易表演會場。

在槍林彈雨的最前線，不可能所有士兵都同時離開工作崗位，輕鬆地欣賞勞軍表演。這次預定分三場進行公演。

會場上的觀眾開始交換，似乎馬上就要展開第二場公演。

繞到建築後方，士兵爆炸般的哄堂笑聲也跟著變小。

他倚在灰泥塗成的牆壁上抽菸。抬眼一看，太陽正逐漸西傾，放眼所及，地平線完全被夕陽染紅。

就快天黑了。

太陽下山後，仍打算繼續表演嗎？

這裡是隔著一個山丘與中國軍對峙的最前線。入夜後，別說建築的燈火了，就連像這樣在外頭抽菸的火光，都可能成爲狙擊的對象。不過，現在要是中途喊停，士兵們一定會大表不滿。

——小野寺部隊長應該也很頭疼。

脇坂叼著菸，露出嘲諷的唇形，這時他突然想起一件討厭的事，皺了眉頭。

聽著勞軍藝人節奏明快地說笑，士兵個個天眞地放聲大笑。然而……

「那些全是中國軍的屍體。」

「子彈只是偶爾才會打中人。」

……

剛才藝人說的笑話，全都經過審慎挑選，不會影響前線士兵的士氣。肯定事前審核過。不，這種事無關緊要。重要的是……

脇坂嘴裡叼著菸，瞇眼望向那愈來愈紅的晚霞。

他志願擔任陸軍軍醫已經兩年。

——你要志願擔任前線的部隊隨行軍醫。

透過K接獲莫斯科的指令時，脇坂並未問為什麼。

理由不難想像。

昭和十二年七月，日軍與中國軍在盧溝橋附近起了小衝突。事件本身沒什麼，雙方只有數發子彈交錯，甚至沒人傷亡。人們本以為這起事件或許會就此不了了之。但日本陸軍卻藉著這件小事與中國正式開戰。戰火旋即延燒至上海，日軍之後勢如破竹地朝南京進軍。

情報傳來後，對莫斯科造成不小的衝擊。他們感到震驚的，並不是日本對中國正式開戰這件事。

莫斯科方面老早便已透過支持者和同志，在日本政府及軍方中樞內布下間諜網，準確掌握他們的一切動向。根據東京傳來的許多可信賴的情報，陸軍參謀總部、內閣，以及天皇親信所下的判斷，對這起事件都是採「避免擴大」的態度。他們理應會對前線部隊下達立即締結停戰協定的命令。

但日本陸軍別說是「避免擴大」了，甚至還火上加油。

而且事後才知道，東京傳來的情報，全都正確無誤。

簡言之，似乎是因爲「現場的部隊無視中央的指示，自行判斷，擅自行動」。

蠢事接二連三發生。面對前線部隊失控所造成的狀況，政客和報社都搭上順風車，獲得了國民的極力支持，而理應反對事情擴大的參謀總部和官員，甚至是身爲最高掌權者的天皇，也推翻先前的說詞，改爲承認現況。

在共產主義國家，中央的決定絕對至上，反對者馬上會成爲肅清的對象，對他們來說，這是無法想像的事態。

自從這件事發生後，莫斯科馬上對潛伏在日本國內的同志改變指示方針。

爲了查探參謀總部、政客，以及官員的意圖，他們縮小集中在東京的間諜情報網。也就是要求「同志」盡快將日軍前線部隊在大陸各地的動向回報給莫斯科，如果可以的話，要比東京的日本參謀總部更快。

脇坂志願擔任華北前線的隨隊軍醫。

過了兩年看慣生死，苦樂參半的生活。

如今他深受士兵景仰，也常和部隊長一同喝酒。

他得到的情報，都會透過其他同志傳回莫斯科。對於和前線部隊一起行動的間諜來說，最大的問題就是情報的傳遞方式，不過，脇坂用自己獨特的方法解決這個問題。

脇坂想出的特殊通訊法，至今在莫斯科仍舊頗獲好評，人稱「脇坂式」通訊法。不過這得借助許多「素未謀面的同志」幫忙，才有可能成功。

只有想到這點的時候，脇坂才覺得自己很幸福。

皇軍。

亦即人稱「天皇軍隊」的帝國日本陸軍內，究竟有多少同志，或是支持者？如果日本陸軍的高層得知此事，一定很錯愕。

——沒錯，在那之前，一切都很順利。在那場獵捕間諜的行動展開前……

那封信是在一個月前寄達。

寄件人是脇坂勝。是脇坂在東京一所大學就讀的表弟。由於來信者模仿勝的筆跡，乍看之下無法分辨眞僞。不過。在空白處有個小小的塗鴉標記，那表示這不是表弟寄的信，而是K下達的指示書。

信中寫著時節的問候、雙方共同的友人近況，乍看像是閒談的內容，但要是噴上特殊溶液，各行中間便會浮現細小的數字。只要使用藏在字典裡的暗號表來核對這些數字，便能轉換成俄語寫成的通訊文。

脇坂利用深夜時間，趁沒人注意，暗中進行解讀作業。在看過內容後，他簡直不敢相信信中的內容。

據K的聯絡信所言，最近派往前線的同志，都陸續消失。他們突然失去聯絡，之後完全不見人影。

——有人暗中在「獵捕間諜」，你要多加留神。

K向他提出警告後，接著透露下一個機密情報。

帝國的日本陸軍內，設立了祕密諜報員培訓機關。通稱「D機關」。只有陸軍高層裡的一小部分人知道其存在，但明顯有龐大的機密費流入這個組織。機關所在地以及那裡培訓什麼樣的人當諜報員，一概無人知曉。只知道D機關似乎是由一名陸軍中校設立，之後也是由他親自指揮，進行各項作戰。此人是……

Вельзевул

這陌生的文字排列，令脇坂爲之皺眉。他本以爲是自己解碼錯誤，所以針對這個字又重新「翻譯」了一遍，但結果還是一樣。

蒼蠅王。

在《舊約聖經．列王紀》中登場的異教神，是率領眾惡魔將人類拉入地獄的魔王。

K應該不會使用誇大的言詞。

「有個人稱魔王的可怕人物，率領著D機關進行這次的獵捕間諜行動。」——應該要這樣來看待這項情報才對。

脇坂接著往下看，感覺到一股恐懼感順著背後往上爬。

對方以什麼方式獵捕間諜？K目前也無法掌握具體的內容。不過，雖然不確定，但極有可能和四處慰勞前線部隊的「爆笑隊」有某種關聯。K還透露了一點，間諜獵人好像用「不笑的男人」當暗號名稱。

解讀完畢後，脇坂照規定將通訊文撕碎，這時，他突然想到某事，打開記事本。

記事本中寫有他盜閱寄給小野寺部隊長的通訊文件，暗中寫下的機密情報。

上面記載了「爆笑隊」一個月後將會前來總隊勞軍。

4

從那之後，他不知度過幾個難以入眠的日子。

「魔王」所率領的日本陸軍祕密諜報機關。就算他們已察覺莫斯科重視前線部隊動向情報的意圖，也不足爲奇。甚至猜測得出，他們極可能暗中讓間諜獵人混進四處到前線勞軍的「爆笑隊」中（因爲這兩個組織乍看之下相去甚遠）。

絲毫不能有一刻鬆懈的緊張雙面生活。不只是前線的士兵，對隱藏身分潛入「敵陣」中的間諜而言，勞軍團來訪也是鬆口氣的好機會。潛入其他前線部隊的同志要是被藝人風趣的笑話給逗笑，鬆懈大意，而被人襲擊得逞，肯定下場淒慘。

所幸脇坂事前已接獲K的警告。

只要做好萬全準備，來面對「爆笑隊」的公演，至少不會被人從背後偷襲。相反的，將潛伏在勞軍團裡的日本間諜獵人揪出來，將他的眞正分告訴莫斯科，這也不是不可能的事。

——到底是誰？

脇坂瞇著眼凝望那即將慢慢變色的大陸天空，腦中一一過濾「嫌疑人」。

這一個月來，脇坂並非一直袖手等候「爆笑隊」前來。他人在前線，用盡一切手段，對他們展開調查。

調查的結果，只知道參加這次勞軍團的所有藝人全都出道多年，亦即個個身分清白。藝人的世界遠比外人想像中來得狹隘。間諜獵人要混進藝人的圈子中，雖然不能說完全不可能，但確實很難想像。以下這些人反而還比較值得懷疑。

○勞軍團的經理（戴黑框眼鏡，個頭矮小，看起來有點神經質的男子）

○口譯（細眼、圓臉的男子。雖然有個日本名字，但看起來像中國人）

○搬貨工（一矮一胖的兩個人。四處吹噓說他們是藤木藤丸的徒弟，還很年輕）

○巡迴公演時，以保安要員的身分與勞軍團隨行的憲兵伍長（此人體格壯碩，少言寡語。總是深戴著憲兵帽，看不出他的表情）。

自從勞軍團抵達部隊後，脇坂一直不動聲色地觀察他們，但現在還是無法確認哪個人行徑可疑。

想到K傳來的另一項情報——「不笑的男人」這個暗號名，就屬勞軍團裡那名負責保安的陸軍憲兵最爲可疑。不過，正因爲對手不是泛泛之輩，絕不能隨意猜測。

想不出好辦法。

既然這樣，那我就先下手爲強吧。

小野寺部隊長現在正和士兵們一起望著舞台發笑。

脇坂左手舉至面前，確認手表的時間。

——就快了。

小野寺部隊長每天都會親自操作無線電，向東京參謀總部定時報告。眼下時間就快到了。

等小野寺部隊長回到房裡，面向桌上的無線電時，應該會發現上頭夾了一張陌生的字條。

用文字定規（註）寫下這張不會讓人看出筆跡的字條，是脇坂精心安排的假情報。部隊長應該不會對此視而不見。

「豬熊中士是莫斯科的間諜。」

豬熊中士會馬上被傳喚，展開審問。

豬熊中士是從小兵幹起的老士官，是一位對軍隊忠心耿耿的人物。一旦他知道自己被懷疑，一定會引發不小的騷動。

這就是釣間諜獵人上鉤的餌。

眼前發生一件意料之外的間諜騷動，間諜獵人一定會拆下假面具，展現出某種特殊反應才對。脇坂已鎖定嫌疑人，絕對不會錯過對方拆下假面具的那一刻。

——我要反過來對間諜獵人設下陷阱。

嘴角露出滿意的笑容，將菸丟向地面踩熄。

他接著轉身，想回表演廳確認嫌疑人的反應。

這時，突然有個黑影竄出，站在他面前。

5

他大吃一驚，呆立原地。

背對著紅豔如火的晚霞，黑影停下腳步，望向脇坂。接著，對方突然開口道：

「啊，太好了，趕上了。醫生，你果然在這裡。謝天謝地。果然和那個人說的一樣。哎呀，眞是好險……」

眼前這人說話宛如連珠砲，音調略顯尖銳，而且操著一口關西腔的聲音，脇坂覺得頗爲耳熟。

是剛才站在舞台上表演詼諧漫才的「藤木藤丸」二人組其中一人，好像是藤丸。

脇坂懷著戒心，謹愼地問道：

「……找我有事嗎？」

註：一種像尺的道具，裡頭有假名的空心字，可以此描著寫字。

「哎呀，你大可不必這麼緊張。」

對方似乎有點驚訝，聳了聳肩。

「說有事，確實是有點事，說沒事，其實也沒什麼事……不好意思，醫生，可以跟你要根菸嗎？」

「菸？」

「眞是不好意思。」

他如此說道，低頭鞠了個躬。

脇坂不發一語地遞出菸盒，男子從裡頭抽出一根菸，等不及似地自己點火。

「嘩，香菸果然還是Golden Bat才夠味。其他牌的香菸味道都不對。」

男子似乎抽完菸後好不容易才靜了下來，吁了一口氣如此說道：

「眞是不好意思，我是個老菸槍。而且要是沒抽Golden Bat就渾身不對勁。這次巡迴公演，我應該是帶了好幾盒來才對，但剛才我到舞台旁邊想抽一口，這才發現連一根也沒有。我把負責搬貨的徒弟臭罵一頓，叫他去找，但怎麼都找不到。正當我大傷腦筋，不知如何是好時，有人對我說醫生就是抽蝙蝠牌的，可以去找醫生要，還很好心地叫我到這裡找你。哎呀，眞是幫了我一個大忙。

說到蝙蝠，對了，聽說最近上頭認爲Golden Bat這個名字太洋化了，要他們換個名字。雖然藝人也一樣，但我認爲，不是什麼東西一律都改成日本名就會比較好。……啊，醫生，這件事你可不能告訴別人喔，否則我可就麻煩大了。老實說，我們自從改名成『藤木藤丸』後，總覺得好像連段子的味道也跟著變了。香菸就算改名字，味道也不會變吧？段子姑且不談，要是連香菸的味道也變了，那可就傷腦筋了。會變成什麼名字呢？Golden Bat？金棒嗎？金棒可不好聽，就像妖怪似的。俗話說『妖怪配金棒（註）』。嘿嘿嘿……」

他滔滔不絕地說個沒完。就像壞掉的水龍頭似地水流個不停。面對這樣的人，脇坂只能微微苦笑。

此人生活在這個小圈子裡，是個背景清清楚楚的藝人，而且沒菸可抽，就兩手直發抖，這種人不可能勝任間諜獵人的工作。

——不是他。

脇坂將他的名字從嫌疑人名單中剔除，並發現這是個好機會。

他朝手錶看了一眼，還有一些時間。

脇坂若無其事地向對方問道：

「舞台情況怎樣？天色愈來愈暗了，下一場不好表演吧？」

「放心吧，現在還算亮呢。」

藤丸如此說道，哈哈大笑，吐出一大口煙。

「之前我們去上海公演時，抵達當地已是晚上十點，直接就被帶往會場。當時我眞是

註：一句俗語，意思是「如虎添翼」。

嚇了一大跳呢。在那漆黑的會場裡，擠滿了阿兵哥，一直在等我們抵達。而且當時上海正在打仗。既然這樣，也是沒辦法的事，於是我對他們說，『那我們就表演一場吧，請幫我們點個燈。』結果他們馬上變臉，把我罵了一頓。他們說『要是點燈，會遭敵人狙擊。就直接這樣表演。』雖然他們叫我表演，但這又不是在摸黑吃飯。真教人傷腦筋。」

「結果怎樣？」

「當然還是上場表演啊。我們用手電筒照彼此的臉。……啊，真是不好意思。」

藤丸比了個感謝的手勢，就此接過第二根菸，點燃了火，接著說：

「一面用手電筒照彼此的臉，一面表演漫才，真的很怪。不是從下面往上照嗎？對方的臉看起來就像妖怪似的，而且手臂愈來愈痠。不過我們還是勉強完成了表演，接下來換壓軸的金語樓先生上場表演。他表演的是落語，沒辦法拿手電筒照自己，所以是有人從舞台旁拿手電筒照他。不過，連開場白都還沒說完，敵人的炸彈就飛了過來。公演被迫中止。現在回想起來，應該是金語樓先生的禿頭反射手電筒的燈光，被敵人給發現了。」

說完後，他哈哈大笑。

脇坂也跟著陪笑，但還是不忘見機向他問話。

「你聽過『不笑的男人』嗎？」

「什麼啊？」

藤丸一臉納悶，頻頻眨眼。

很遺憾，那不是脇坂所期待的反應，但他還是繼續套話。

「就是那個人啊，不知道爲什麼，大家都在笑，就只有他一個人不笑。我在旁邊看了都覺得發毛。」

「那個人……？」

藤丸詫異地皺起眉頭，但他馬上想到了什麼，噗哧笑出聲來。

「醫生，你該不會是在說赤澤先生吧？那位擔任我們此次公演保安人員的憲兵伍長是嗎？如果是他的話，你就誤會大了。雖然他一臉嚴肅，但其實很愛笑。他不是老深戴著一頂憲兵帽嗎？其實那是在他不小心笑出來時，拿來遮臉用的。他本人常說『我乃奉天皇之命行事的大日本帝國陸軍憲兵伍長，要是聽漫才笑得東倒西歪，就不能當其他人的典範了』，但他常爲了忍住不笑，而肚皮打顫。想笑卻又不能笑，仔細想想，憲兵還眞是個苦差事呢。」

——難道不是他？

脇坂一時皺起了眉頭，但旋即又微微一笑，把他疑惑的矛頭轉向別處。

「不，我說的不是他。」

「不然是說誰？」

「這次『爆笑隊』公演的經理……他叫什麼名字？」

「你說乙倉先生，是吧？」

藤丸突然變了張臉，活像是個不小心咬了一口澀柿子的小鬼。

「對了，那個人向來都不太笑。」

——會是他嗎？

「乙倉經理從什麼時候開始做這項工作？」

為了消除心中的疑惑，他進一步謹慎地詢問。

「告訴你一個祕密……」

藤丸把臉湊近。

「乙倉先生其實之前一直都是當藝人。但因為表演無趣，所以我們社長對他說『你就辭去藝人的工作，改當經理吧。』別看他那樣，他的資歷比我們還長呢。被迫辭去演藝工作的人，看其他藝人表演笑不出來……這也難怪啦。」

脇坂在心中暗暗咋舌。如果乙倉以前長時間當過藝人，那麼，他的藝人同伴應該都知道他的背景才對。乙倉也不太可能是間諜獵人。

其他有可能的，就只剩那名口譯員，或是負責搬貨的那兩名年輕徒弟……

脇坂左思右想時，突然發現眼前的藤丸一副若有所思的神情。

「啊，真不好意思。我竟然發呆來了。」

經脇坂一聲叫喚，藤丸馬上搞笑似地搔頭說道：

「聽了醫生剛才說的話，讓我想起一件不太好的事。所以才會……」

「不太好的事？」

「你剛才不是提到『不笑的男人』嗎？這句話真是可怕。要是大家都像那樣不笑的話，我們可就沒辦法混飯吃了。」

「像乙倉經理那樣嗎？」

「不對、不對。那種當過藝人的，打從一開始就不是我們要服務的對象。我所指的是……」

一聽到藤丸接下來說出的人名，脇坂感覺就像腦後被人重重敲了一記。

6

——竟然有這種事……

脇坂目瞪口呆。

一開始他簡直難以置信。還以爲對方在開無聊的玩笑。但藤丸，卻是罕見地一臉嚴肅地這麼說。脇坂聽他那奇特的關西腔道出此事，一些之前不當一回事的瑣事，全在腦中串連在一起，慢慢成形。

待他回過神來才發現，自己已搖搖晃晃地邁步離去。

「咦，醫生，你怎麼了？醫生……？你可眞怪……雖然不清楚是怎麼回事，但謝謝你的香菸！下次再請你多多關照嘍。」

背後傳來藤丸的聲音，但現在脇坂已無暇理會。

他朝手表瞄了一眼。

——沒時間了。

他改爲小跑步。

繞過轉角，已來到他要去的建築物門口。

前線作戰總部。

小野寺部隊長即將要在這建築裡的某個房間，用無線電向東京參謀總部定時報告了。

脇坂調勻呼吸，朝站在大門守衛的士兵敬禮。

這裡大部分的士兵都知道脇坂軍醫與小野寺部隊長交誼匪淺，兩人常一起喝酒。負責守衛的二等兵與脇坂也算熟識。他也回了一禮，朝脇坂點了個頭，讓脇坂通行。

脇坂走過走廊，來到部隊長的房間前，左右張望。

所幸沒半個人影。

脇坂以私下複製的鑰匙打開門，迅速躲進房內。

反手將門關上。

裡頭空無一人。白日將盡，從窗口射入的夕陽餘暉，把房內染成一片赤紅。

他躡腳走向部隊長的辦公桌，迅速瞄了一遍裝設在辦公桌旁的無線電四周。

——沒有。

脇坂留在這裡的那張假字條——告發豬熊中士是莫斯科間諜的字條，已不見蹤影。

如果沒那張字條，就不會對豬熊中士展開審問，脇坂也就無法確認周遭人的反應，而從中找出那名間諜獵人。

——不，不對。不是這樣。

他在腦中某個角落迅速展開思考。

剛才藤丸指出誰才是眞正「不笑的男人」，並接著說道：

「醫生在後面抽菸，你可以去跟他要一根。我接下來有事要去作戰總部一趟，所以沒辦法跟你一起去。……正當我爲沒菸抽而發愁時，那個人特地走向我，先自我介紹，然後對我說了這麼一段話。那個人很怪吧？」

可是，那個人應該沒必要去作戰總部才對。

藤丸在舞台上表演時，發現有雙「始終不笑的雙眼」一直望著他們。令說笑專家藤丸害怕的一雙始終不笑的眼睛。脇坂意想不到的那個人物，才是眞正「不笑的男人」，也就是眞正的間諜獵人。

聽完藤丸這番話，脇坂立刻覺得自己已看穿眞相，爲了阻止那個人的意圖，他急忙奔往此處。然而……

難道這也是那個人計畫中的一部分？如果藤丸那番話只是引誘他到這裡來的陷阱，那不就……？

呆立原地的脇坂，右耳聽到一個從剛才起便一直規律發出的聲音。那是一口大掛鐘，刻畫著即將到來的時間。

他緩緩轉頭，確認牆上掛鐘的指針。接著低頭望向自己的手表，兩相比對。

——我中計了……

脇坂不禁緊抿嘴唇。

掛鐘和手表分別指著不同的時間。

五分鐘。

掛鐘顯示的是較晚的時間。

不，不是這樣。昨天他到這個房間來的時候，兩者的時間確實一致。負責的士兵，一天會核對兩次部隊長室掛鐘的時間。倒不如說，是脇坂的手表在不知不覺間快了五分鐘，這麼想還比較有可能。然而，這是誰做的？什麼時候動的手腳？有什麼目的？

還差一點就能看出眞相了……正當他如此暗忖時，他感覺背後有人。

他驚訝地轉頭。

不知何時，對方已緊貼在他背後，就在脇坂快要與對方四目交接時，他感到心窩遭受一陣重擊，眼前一黑。

7

在朦朧意識下，他感覺到自己的身體跌向地面，並被人俐落地綁住手腳。有隻手在他口袋裡摸索……

他突然恢復意識。

看來，他失去意識的時間相當短暫。

對方似乎已看出脇坂恢復意識，從他看不見的背後，傳來一聲嘲諷般的低語。

「很遺憾，你沒辦法看接下來的公演。」

脇坂想轉頭，卻不自主地發出呻吟聲。

他右腳被反折，與手腕緊緊綁在一起。只要他身體微微一動，關節馬上會被扭成不自然的角度，劇烈的痛楚傳遍全身……

他根本沒辦法轉頭確認說話者是誰。

「你今晚會被逮捕，遣送回日本。」

背後傳來的聲音，完全感覺不出個人情感。如果不是事先早就知道，脇坂一定無法相信是那個人的聲音。

「部隊長的辦公桌上放著你招認自己是莫斯科間諜的親筆供詞，你因爲受不了良心譴責而自首。爲了謹愼起見，還一併附上你的筆記和這個房間的複製鑰匙。就算那個部隊長再怎麼笨，應該也不至於弄錯。」

親筆供詞……

脇坂不記得自己寫過這樣的東西。不過，想也知道，那份供詞一定將他的筆跡模仿得唯妙唯肖，而且上面還寫有他才知道的內容，要否認這不是自己親筆所寫，並不容易。而且還附上脇坂寫有前線部隊機密的筆記本以及複製鑰匙，這麼一來，就算對方是和他交情深厚的小野寺部隊長，他也不可能脫罪。

脇坂明白自己已完全落入敵人手中。同時，他發現自己出奇平靜，內心鬆了口氣。

沒錯，打從一開始他就已有所覺悟，明白這天終究會到來。從他爲了完成哥哥的遺志，而和K接觸的那天起……

爲了在這世上實現理想社會，某種程度的犧牲也是無法避免。就像哥哥那樣，勢必有人得成爲「地鹽（註）」。在實現理想社會的歷史過程中，需要有人自願成爲「一粒麥」。而且……

就算脇坂被逮捕，他想出的那套和莫斯科祕密通訊的方法，還是會繼續流傳。被遣送回日本後，等著他的，是惡名昭彰的日本特高警察嚴厲的偵訊和拷問。但不管遭受何等嚴厲的偵訊和拷問，脇坂也絕不會供出他想出的那套通訊方法。

——那是我曾活在這世上的證明。

直到現在，仍有人利用「脇坂式」通訊法，向莫斯科傳遞日軍前線部隊動向的情報。莫斯科則會依據從前線各地蒐集到的情報，打敗與資本主義掛勾的日本陸軍，建立人類共同夢想的理想社會，也就是將世界同步共產主義革命付諸實現，這項作戰計畫此刻應該正一步步進行中。

——這是理應實現的人類未來。我曾自主地參與這歷史必然的過程。

只要這份信念不曾動搖，未來不管會面對多大的痛苦和羞辱，他都有自信自己能夠承受。

脇坂泛著微笑，這時，有張薄薄的紙片飄向他頭頂。

……？

紙片旋即落向他前方地面，脇坂瞇起眼睛，往紙片對焦。

當他發現那張紙片爲何時，忍不住叫出聲來。

是脇坂發明的特殊格式通訊紙。

——爲什麼這東西會在這裡……

他想起之前被搜口袋的事，但他並沒那麼粗心，會隨身帶著它。

「聽說是你發明的？」

那沒有任何特徵，聽不出是何人的低沉聲音，又從看不見的地方傳來，語帶嘲諷地說道：

「一名死在路旁的中國軍竟然會帶著寄給莫斯科的通訊信。我這才明白，如果是日本兵的屍體，一定會有同袍親手埋葬，或是有人收屍，但死在路旁的中國軍屍體則沒人理會。一直都留在原地。一般人絕不會想到將通訊信放進屍體裡……你的同伴們不必刻意冒生命危險，只要看準機會，挑好時間，從屍體裡取出通訊信，再送往莫斯科即可……」

脇坂一面聽男子的聲音，一面極力在腦中思索。

——他是偶然發現的嗎？

那件事還沒被發現。

若是這樣，那就還有希望。

註：《聖經》中耶穌的訓示，耶穌說：「你們是地上的鹽，鹽若失了味，可用什麼使它再鹹呢？它只好掉在外邊，任人踐踏罷了。」

如今在這片廣大中國大陸上的日軍正到處與敵人交火，造成大陸各地的中國軍屍橫遍野。就連一開始看到屍體感到害怕的勞軍團藝人，也很快就看慣了屍體，見怪不怪。要從躺在路旁的眾多中國軍屍體中，找出藏有通訊信的特定屍體，就如同要找出一根落在海邊的細針般。

將通訊信藏在中國軍的屍體中。

如果只知道這樣，那麼，脇坂發明的特殊通訊法的祕密還不會被揭穿。

背後那名男子突然模仿藝人的聲音說道：

「『怎麼辦、怎麼辦？這裡到處都是屍體，而且臉和手都被野狗啃得好慘。怎麼辦？』『裡頭偶爾也有頭和四肢都完好的屍體，對吧？』」

背後那竊笑的聲音，旋即又恢復原本嘲諷的口吻。

「夫妻吵架，連狗都不理。」

這句話，將脇坂最後緊抓的一線希望徹底粉碎。

——連這個都被他看穿了……

脇坂緊咬著嘴唇，咬到嘴唇都滲血了。

藤木藤丸二人組在表演漫才時，刻意兩度提到這件事。

頭和四肢都完好的屍體。

這是用來找出掉落在海邊的那根針所採用的印記。脇坂從倒臥路邊的中國軍屍體中，挑出臉和四肢皆完好的屍體，並朝屍體塗抹野狗討厭的氣味和防腐劑，以此作爲讓同志辨識的印記。

——查探這個屍體的口袋。

沒被野狗啃食的中國軍屍體。這是他給同志的暗號，標示出通訊信的所在處。

脇坂知道自己的前額血色盡失。在那宛如貧血般的感覺中，他以其恍惚的腦袋思考，終於明白敵人的作法。

「爆笑隊」的勞軍表演就像魔術師在觀眾面前揮舞的白色手帕，用意是混淆視聽。

仔細一想，這件事打從一開始就透著古怪。

藝人表演的題材事前一定都經過一番嚴格的審核。但另一方面，有一部分幾乎快涉及軍事機密的台詞，卻又保留而沒被剔除。照理來說，在前線勞軍團的演出中，像「到處都是屍體」這種台詞（就算指的是中國軍的屍體也一樣），絕不可能出現。

這些台詞可能是男子事先偷偷在背後運作，加進藝人的表演題材中，而且他肯定在一旁觀察觀眾聽到這句話時的反應。

脇坂猜想，「蒼蠅王」率領的D機關是在偶然或某個機緣下，對那些沒被野狗啃食的中國軍屍體感到懷疑。進一步調查屍體後，因而發現給莫斯科的通訊信。於是他們在藝人的表演題材中加入幾句暗示此事的台詞，暗中確認觀眾的反應。

自己在聽到藝人表演的台詞時，究竟是何種反應？現在回顧當時的情形，他實在沒什麼自信。他自認應該沒做出什麼特別不同的表情。但既然現在會被逮捕，可能當時看在對方眼中，他表現出某種不自然的反應吧……

他只能這樣揣測。

脇坂以自己的存在作賭注所發明的這招通訊法的祕密已被揭穿。

——現在我能做的，就只有對今後的一切偵訊保持緘默。

脇坂重新如此說服自己。

在日本當地的偵訊，主要應該是要逼他說出潛伏在日本陸軍內的同志以及支持者。以天皇名義被洗腦，盲目憎恨共產主義的日本特高警察，對於被貼上「紅色」標籤的脇坂，肯定會毫不客氣地對付他。不把人當人看的嚴酷偵訊，將哥哥活活逼死的殘忍拷問。聽說在精神和肉體的痛苦皆達到極限時，只要提出交易條件，不管再麼鐵錚錚的漢子，也會供出同伴的姓名。

但若換作是脇坂，則完全不必擔心這點。

莫斯科對脇坂下達的指示，一律都透過K轉達。但對於K，脇坂只知道K是他的代號，除此之外一概不知，甚至連他的本名也不清楚。倘若有一段時間沒聯絡，K就會不再與他接觸。理應無法從中查得更深的線索。

「……」

他專心於思考中，差點沒聽到對方的問話。

「什麼？你剛才說什麼？」

「我問你，有沒有話要告訴片岡上尉。」

「片岡上尉……？」

脇坂在口中複誦這個人名，微微搖頭。

「你弄錯人了。我沒聽過這個名字。」

「哦，是嗎？原來你不知道啊。」

他背後的聲音，仍舊以嘲諷的口吻說道：

「他是任職於陸軍省主計課的片岡誠陸軍上尉，三十八歲，你都稱呼他K。你想聽的話，我可以清楚地把片岡的出身、家世背景、在陸軍士官學校的成績名次、現在的家庭成員、經濟狀況等，全都告訴你，想聽嗎？」

——什麼……

脇坂爲之愕然，半晌說不出話來。

脇坂發明的祕密通訊法，不知何時已完全被揭露無遺。而且脇坂唯一的聯絡人K的眞實身分也已完全被掌控。若是這樣，那接下來該怎麼辦……

背後那個聲音似乎已準確看出他混亂的心思，接著說道：

「你可別搞錯了，我沒有什麼要問你的。現在是這樣，以後也是。」

「……這話什麼意思？」

脇坂好不容易才開口問，他以不像是出自自己口中的沙啞聲音說道：

「不，重點是從什麼時候開始？你們是什麼時候發現我的祕密？」

「打從一開始就發現了。你的作法太顯眼了。」

「等等！打從一開始？這麼說來，之前K寄來的信，難道是……」

「那是我們寄出的僞造信。」

「其他潛入前線部隊的同志都被間諜獵人逮捕的情報也是嗎？」

「是我們捏造的假情報。」

眼前的世界猛然一陣搖晃。脇坂感到天旋地轉，急忙闔上眼。此刻什麼是眞，什麼是假，他已無從分辨。

他看開一切，睜開眼問道：

「……既然你知道這麼多，爲什麼之前不逮捕我？不，我方潛伏在日本陸軍內的同志和支持者，如果你們眞那麼瞭若指掌，爲什麼不舉發我們？」

「既然知道方法和對象，就沒必要掀底牌。」

男子以令人發毛的冷峻聲音應道：

「經由何人之手，何時流出何種情報，只要能加以掌控，反而有助於推動情報戰。而且還能透過敵方的祕密通訊法，來散播假情報。既然這樣，有必要公開嗎？之所以不舉發你們那些藏身在陸軍內的同志和支持者，也是這個原因。而最重要的原因是，假使現在這麼做，將會引發軒然大波。其實你們人數還眞不少。」

「既然是這樣，那這次又是爲什麼！」

脇坂在情感的驅使下，不禁放聲喊道：

「既然你這麼說，爲什麼現在又非得如此大費周章地逮捕我？」

他話說到一半，便感覺到男子的氣息悄悄從背後靠近，在他耳邊低語道：

——你殺過人，對吧？

「什……」

他想轉頭，但旋即被劇痛給拉了回來。

我？殺過人？胡說些什麼……

脇坂想否認，但那名老人恐懼的臉龐突然浮現他腦海。

啊！

他倒抽一口氣。

我忘了。……不，是我努力想要忘掉。

十天前，日軍與中國游擊部隊在這附近的村莊交火。

脇坂不聽部隊長的勸阻，於戰鬥結束後奔往現場。雖然他以「要爲無法動彈的傷患進行急救」爲由，但其實他另有目的。開戰的前一夜，前線部隊的所有幹部齊聚一堂，暗中決定「下次戰鬥時，就算會衝破東京參謀總部規定的停戰分界線，那也是沒辦法的事。」得早日將前線部隊決定要擅自行動的情報傳回莫斯科才行。

脇坂趕往現場，爲了替戰鬥受傷的日本兵急救，四處奔忙，另一方面也不忘找尋「頭和四肢皆完好的屍體」。但是以小村莊爲舞台展開的那場激戰，倒在路旁的中國軍屍體全都支離破碎，始終找不到可以讓脇坂藏信的對象。

得趕在日落前離開才行。

夜幕正逐漸逼近。

焦急的脇坂獨自走進一家村民遺棄的倉庫裡，在那裡發現了對象。

本以爲無人的倉庫角落，有一名年邁的中國人頭上蓋著草蓆，身子蜷縮，不住顫抖。

脇坂正要朗聲叫日本兵前來時，突然念頭一轉。

只有他能用了。

脇坂一面走近那名老人，一面說話讓他放心，接著……殺了他。

他殺死那名老人，讓他穿上軍服，並將事先備好的通訊信塞進老人口袋裡。然後將老人的屍體拖到路面上，在他的臉和手塗上防腐劑，以及野狗聞了就討厭的液體。就這樣，安排了一具「頭和四肢皆完好的」中國軍屍體。之後應該有位奉莫斯科命令未曾謀面的同志，會從屍體口袋裡找出通訊信，送往莫斯科。

脇坂對自己成功完成任務鬆了口氣，另一方面，他極力想忘記自己親手殺死的那名老人。事實上，他幾乎就快忘了。若不是對方剛才提起此事，讓他又再度想起的話……

原本K那封僞造信的目的，是要讓脇坂在乎「爆笑隊」的存在，而將注意力放在他們表演的題材上。

不過，這名男子現在就只關注一件事。

那就是脇坂對殺害老人一事有什麼感覺。

脇坂表現出的反應是……

他自認應該沒做出什麼特別不同的表情。

正確來說，應該是只有微微皺眉。

這就是問題所在……

「我說過，你的作法太過顯眼。」

背後的男子再度與他保持距離，聲音中第一次流露出不悅的口吻。

「只要有機會，你應該還會再殺人。這樣會造成我們的困擾。你會到處製造很不自然的屍體。」

——殺人？我會再殺人？

不對！我只是……只是為了實現一個理想的社會……

脇坂為之愕然。

「時間到了。」

男子在背後簡短地說了這麼一句：

「小野寺部隊長就快到這個房間來了。」

為了向東京參謀總部做定時無線電回報。

他之所以將脇坂的手表調快五分鐘，就是為了這個目的。為了逮捕脇坂，徹底打擊他，讓他體無完膚，需要時間。不過只需短短的五分鐘。

背後伸來一隻手，一把將他拉起。讓他坐向房內角落一張面朝窗外的椅子。他感覺到在看不見的地方，有把利刃發出寒光一閃，緊接著下個瞬間，緊纏他手腳的細繩已經鬆開。

他想起身，身體卻不聽使喚。是因為被綁得太緊，血路受阻，還是因為手腳被扭成奇怪的角度？搞不好在他不醒人事的時候，關節已經脫臼。

脇坂坐在椅子上，望向窗外，腳步聲從他背後遠去。

有人正打開門。

脇坂努力扭轉無法動彈的身軀，想轉頭看個清楚，好不容易眼角餘光看到了房門。

看到了打開門，正要走出房外的一名男子側臉。

藤丸以他專業的藝人眼光，認出那名「不笑的男人」。

陸軍二等兵西村久志。

教人不敢相信的是，他左手還用三角巾吊著。他手上的傷，肯定是爲了要在醫院內舉行勞軍公演時，能就近觀察脇坂的反應，而朝自己手臂開槍所造成。

在他步出房外的那一刻，脇坂看到西村二等兵那出奇端正的側臉，與哥哥那悲傷的容貌重疊。

今後不論再怎麼搜尋，恐怕都無法證明西村二等兵曾在前線部隊，甚至是在陸軍裡待過。此事從頭到尾，對外的說法都是脇坂禁不住良心譴責，主動自首。而西村二等兵則是原本就不曾存在過。蒼蠅王的手下從地獄現身，又再度返回地獄，如此而已。

脇坂以他麻痺的身軀，勉強從椅子上站起。

同一時間，門再度開啓，小野寺部隊長似乎仍對公演回味無窮，那張酒糟臉滿是笑容，就此走進房內。

在理應無人的房內發現脇坂的存在後，小野寺部隊長臉上立即浮現狐疑之色。視線緊盯著桌上那封告白信。

脇坂已不想替自己辯解，他腳下一陣踉蹌，再次癱倒在椅子上。闔上雙眼。

他耳畔響起哄然大笑，過往人生就此消失，宛如幻夢一場。

法屬印度支那作戰

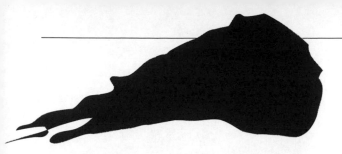

——有人搜過我上衣口袋。

恢復意識後，他最先發現的就是這件事。

右頰底下感受到堅硬石板地的觸感。……看來，他是伏臥在地上。

他想起身，但腦袋一陣麻痺，手腳不聽使喚。別說出聲叫喚了，就連要睜眼都有困難。

這段時間，有人毫不客氣地將手伸進他上衣口袋裡，拿出裡頭的東西。臉旁傳來零錢散落一地的聲響。

驀地，在口袋裡探尋的那隻手停了下來。

對方從他口袋裡抽手，緊接著下個瞬間，快步奔跑的腳步聲遠去。

他被粗魯地拉起，甩了幾下耳光。

臉頰的刺痛令他意識清晰。

他微微睜眼。

眼前出現一名年輕男子的臉龐。此人雙目細長、鼻梁高挺、有著當地少見的白淨膚色。男子窺望著他，眉宇間泛著擔心之色。

「喂，你不要緊吧？」

對方以日語問道。他心中的不安和恐懼旋即消失，一股安心感向全身擴散開來。

接著他眼前一黑，接著不醒人事……

1

昭和十五年（一九四〇）六月二十一日。

在中央無線電信所任職的高林正人，突然被上司傳喚。

望著上司隔著辦公桌遞來的人事令，高林不禁蹙起眉頭，接著抬頭道：

「要我出差到法屬印度支那？」

「陸軍要我們派出一名電信專員。三天後就要出發。此事有點突然，要辛苦你了。」

上司就只說這麼一句，沒能進一步問出任何詳情。不，就算追問，但此事終究和軍方有關，上司肯定也不清楚詳情。

高林回到住處後，只對房東太太說一聲，「我因爲工作的關係，得暫時到外地出差。」便動手打包行李。

他的身分是軍方相關人員。

算是一半軍人，一半民間人士，身分尷尬。

利用出發前短暫的時間，高林用自己的方式思考自己爲何會突然被派往法國殖民地——正確來說，是法屬印度支那聯邦。

他今年已二十九歲，但仍舊單身，若再深入追究原因，可能是他大學第二外語選修過法語。但事實上，軍方不可能考慮到這些瑣碎的問題。

最後，隔天他才從新聞中得知「詳情」。

——派遣視察團赴法屬印度支那。

在這斗大的標題後，緊接著是以下這篇報導。

「日本政府很支持法屬印度支那此次禁止援助蔣介石政權的物資（亦即援蔣物資）通過法屬印度支那的決定……因而對駐日法國大使亨利（Henri）提議，要派遣視察團監視封鎖狀況。

亨利大使欣然接受日本的提議……近日，以我國陸海軍軍事專家爲主組成的視察團，將派遣遠赴法屬印度支那。」

報導大致是這樣的內容。

看來，我也是視察團的一員。高林在住處面對著眼前攤開在榻榻米上的報紙，盤起雙臂，低聲沉吟。

不管怎樣，自己不久也會被派往外地，他心中早已做好相當的心理準備。同事當中，已有不少人被軍方徵調，派往北京、新京（註）、大連等大陸的無線電信所。在中國大陸的戰爭已逐漸陷入長期拉鋸戰，被派往大陸擔任通訊專員的同事中，甚至有人運氣不佳，被捲入戰鬥中，「壯烈成仁」。

那麼，法屬印度支那的情況又是怎樣？

在歐洲，德國納粹派出機械化部隊，以閃電般的速度衝破號稱「鐵壁」的馬奇諾防線。十七日甫傳來巴黎被攻陷的震撼性消息。法國便已向德國投降，而且由親德的貝當

（Henri Philippe Pétain）建立了新政權。法屬印度支那當局這時突然決定接受日本政府老早便提出的「阻斷援蔣路線」的提議，表示他們已接受法國的現狀。

——只要不必前往中國大陸，待在法屬印度支那也不壞。

高林這麼覺得。

——至少在法屬印度支那不會有生命危險。

高林如此思忖，鬆開盤起的雙臂。

我又不是軍人。坦白說，我才不想「壯烈成仁」。

從東京車站搭火車來到下關。接著又轉搭船和飛機，最後終於抵達了目的地。他對法屬印度支那首都河內的第一印象，就是酷熱難當。與日本夏天迴異，熱得就像待在蒸籠裡似的。

同行的人紛紛叫苦連天，而高林則是隔天便獨自騎著腳踏車在河內市區四處遊逛。雖然高林是南國高知出身，但要說不覺得熱是騙人的。不過更重要的是，高林第一眼看到河內的市街，便深感著迷。

法國占領此地已六十載。法國人憑自己的喜好，隨意更改昔日的李氏王朝首都，如今這個法國人稱之爲「東洋小巴黎」的河內街景，滿溢著歐亞風格交融的奇特異國風情。

註：滿洲國首都。

緊密鋪滿石板地的大路兩側，設有露台的洋房林立，酸豆和椰子樹這些彷彿要與歐式建築競高的南國巨大路樹，朝地面落下慵懶的樹影。街道上飄散著南國濃郁的花香。在豔陽下，有一群頭戴斗笠，上身穿五彩繽紛的絲綢，下身穿長褲的妙齡女郎。街上到處都是法語看板，大路一律是以法國將軍或總督的名字來命名。法國人、越南人、中國人，或是歷經漫長歲月，摻雜複雜種族血統，乍看之下無法分辨的人種，各自以不同的步調穿梭於市街中。

打從離開鄉下來到東京後，從未離日本這麼遠的高林，他眼中看到的一切都是既新鮮又驚奇。

他當然不是一味玩樂。

抵達河內後，高林這才被告知他的業務（與軍方有關的「任務」）內容。他被指派的任務大致可分爲兩項。

一是將視察團製作的通訊文轉爲密碼。

二是將製作的密碼電報傳回東京的參謀總部。

高林起初不懂這命令的含意，側頭不解。

兩項作業？

將通訊文轉爲密碼傳送的作業，通常都視爲同一項作業。

但他很快便明白是怎麼回事。

這次日本政府派遣至法屬印度支那的視察團，是以陸軍少將土屋昭信爲團長，有三十名軍事專家、十名外務省職員，以及若干名口譯及雇員，總人數達五十多人，為數不少；附帶一提，高林算是「雇員」。但問題是根據一開始的區分，他屬於「三十名軍事專家」的其中一員。

當中陸軍二十三人，海軍七人。

奇妙的是，陸軍和海軍派遣來的專家之間，一概沒任何交流。

他們的總部設在法屬印度支那提供的一棟兩層樓大型建築內。在分配好房間後，陸軍、海軍，以及外務省的視察成員便各自獨立行動，彼此別說是交換資訊了，甚至連打照面的機會都很少。

而且這次視察團根本沒攜帶無線設備（在聽聞此事時，高林驚訝得闔不攏嘴）。不，好像只有海軍自行帶來小型的無線裝置。但高林的直接雇主陸軍卻沒帶無線設備，正在納悶陸軍是做何打算時，這才知道是要使用法屬印度支那方面的設施，向東京參謀總部傳送電報。可是……

這麼一來，法屬印度支那當局不就對視察團活動瞭若指掌嗎？

高林惴惴不安地提出詢問後，土屋少將轉動他銀框的圓眼鏡下的那雙大眼，就像在瞪著高林似地說：

「所以才要使用陸軍的密碼電報。我帝國陸軍最近才剛更新過密碼表，就算有人盜閱密碼電報，也絕不可能解讀內容。」

接著他又以自信滿滿的口吻說：

「法國已對我們的盟友德國投降。法屬印度支那不過是法國的一個殖民地，不敢對日本採取任何敵對行爲。」

總之，高林被賦予的任務有二。

一、根據土屋少將所寫的日語通訊文，製作密碼電報。

二、帶著這份密碼電報到位於河內市中心的法屬印度支那郵務電信局，使用法屬印度支那方面的設施，向東京傳送電報。

看來他們打從一開始就不考慮就近使用海軍的小型無線電報機。

由於海軍與陸軍的暗號表互異，所以使用同一台無線電報機發送不同的密碼，接收的一方恐怕會產生混亂。

這是對外的說法，但是從技術人員高林的角度來看，這是個很容易解決的技術性問題。

——看來傳聞不假，陸軍與海軍確實各執己見，互不相讓……

高林覺得自己看到了不該看的東西，急忙移開目光。

2

工作時間是早上八點到中午，以及下午三點到六點。中間有三小時的午休時間（有午餐及午睡），住在日本的人聽了，一定羨慕得不得了。但實際的問題是因爲這段時間太熱，根本無法工作。

在河內的工作，完全不像高林原本的預期，實在稱不上輕鬆。

高林設在總部內的辦公桌上，連日不停送來土屋少將親筆寫的通訊文。高林依序將這些日語寫成的通訊文（通稱明文）轉成密碼電報，但這是一項很花時間的工作。

日本陸軍所採用的密碼方式，是用厚厚一本密碼字典（所謂的暗號表），將日語寫成的通訊文轉換成四位數字的數字文。再依照亂數表所規定的數字對這份數字文進行加減，製作成另一份數字文，需要兩次變換作業。

相反的，收信者這邊在收到密碼電報後，得用翻譯用的亂數來進行加減，轉換成數字文，然後再以密碼翻譯用的字典轉換成日語的明文。

全部都靠人工。

站在保密的觀點來看，這或許是套傑出的系統，但是對實際製作密碼電報或解讀的通訊士而言，這需要高度的專注力和許多繁瑣的作業，相當棘手。

多虧這項麻煩的作業，就算不想看通訊文的內容，也會很自然地記在腦中。例如……

派遣至國境沿途監視點的視察團員報告。

根據報告，法屬印度支那很忠誠地遵守和日本之間的約定。

原本被視為援蔣通路主幹線，連結河內與昆明的滇越鐵路，已拆除位在國境的老街省內的鐵軌，列車無法通行。之前經由法屬印度支那北部，對蔣介石率領的中國軍提供支援的英美諸國援蔣物資，如今已因為這項措施而被阻斷在運往重慶的通路上。龐大的援蔣物資滯留在國境附近，通訊文中有部分內容是要求上級指示該如何處理這些物資。

基本上，通訊內容全都是表達「法屬印度支那當局對日本充滿誠意的應對態度」，連高林看了，都不禁感到光火，心想，這也算是機密情報？得如此大費周章轉成密碼傳送嗎？

但高林很快便發現自己實在太容易上當了。

隨手放在他辦公桌上的通訊文當中，不久便開始夾雜了與法屬印度支那軍裝備及配置狀況有關的機密情報。

看來，這次的視察團雖然對外宣稱是「監視阻斷援蔣物資的情況」，但背地裡似乎另有目的。

發現這點後，高林便刻意不讓自己對通訊內容涉入太深。

——沒必要知道的事，最好別知道。

這是高林的座右銘。

高林機械性地將轉成密碼的通訊文帶至位於河內市中心的法屬印度支那郵務電信局，向日本打密碼電報。或是將收到的密碼電報帶回，以翻譯用的亂數加減後，再以暗號表恢復成日文，呈交給土屋少將。

他提醒自己不要看內容。

只要不看，就不會有任問題。

他心裡這麼想。當時他萬萬沒想到自己會被捲入那起事件中。

被襲擊的事，來得很突然。

當時他來河內已滿一個月。事後回想，或許是自己一時太過大意。但街上遇見的越南人，個個都很友善，常有陌生的越南人笑咪咪地朝高林打招呼。另一方面，長期殖民此處，統治當地的法國人，也許是還沒能從祖國已向納粹德國投降的衝擊中清醒過來，一直瀰漫著一股消極的氣氛。法屬印度支那當局以近乎卑躬屈膝的態度接待日本視察團，一點都感覺不到敵對的氣氛。

不管再怎麼細看，都找不到一丁點危險。反而是「要時常提高警覺，不能大意」這句話聽起來比較強人所難。

高林在抵達河內後，剛開始也是懷著戒心，晚上都避免外出，但不久便在日本軍人的帶領下，常出入於河內最熱鬧的鬧街欽天街，以及位於市郊，宛如朝著湖心而建的舞廳。

起初他沒什麼興致，是硬被人拉去河內的舞廳，但那舞廳的華麗氣氛令高林心醉神迷。越南的女舞者個個美若天仙，那些白天時死氣沉沉的法國軍官，夜裡來到這處鬧街後，卻像換了個人似地神采奕奕。在這裡，高林用他記憶模糊的法語和生硬的越南話，便勉強能與人對話。他連夜光顧舞廳，認識了幾名越南人和法國人。從他們那裡得知各種從未聽過的酒名，那些酒名古怪的雞尾酒，令他喝得酩酊大醉。眞是天差地別，這句話浮現他腦中。在日本本土，奢侈是必須引以爲戒的壞事，甚至還禁止女人燙髮，這些事在這裡看來，宛如是句玩笑話。

當時他就在從舞廳返回的路上。

一如平時，獨自漫步在紅河河岸道路的高林，突然腦後挨了一棍。

不，他只是事後認爲是被棍棒之類的東西擊中，但事實爲何，他並不清楚。當時他甚至不知道自己發生何事。

當時的感覺，與其說是疼痛，不如說是因衝擊而腦袋整個麻痺。眼前一黑，雙膝發軟，癱倒在石板地上。

他只記得這些。別說有餘力抵抗了，甚至連回頭看清楚對方都辦不到。

看來，才一眨眼的工夫他就失去了意識。

他感覺到有人伸手朝他上衣口袋摸索，這才清醒過來。

右頰底下感受到堅硬石板地的觸感。……看來他是伏臥在地上。

高林努力想憶起自己目前的狀況。

對了，我漫步在紅河河岸道路時，被人襲擊……道路有一側是一整排像倉庫般的建築……新月高掛夜空……前後都沒有行人……

他想起身，但身體不聽使喚。別說出聲叫喚了，就連要睜眼都有困難。頭痛欲裂。

這段時間，有人毫不客氣地將手伸進他上衣口袋裡，拿出裡頭的東西。臉旁傳來零錢散落一地的聲響。

——是搶匪嗎？

高林以迷糊不清的腦袋如此思索。

——早知道會這樣，眞應該找人和我一起回去。

他如此反省，但爲時已晚。人總是在事發後才後悔。

高林閉著眼睛苦笑。身體依舊無法動彈。既然這樣，也只能聽天由命了。

驀地，在口袋裡摸索的那隻手就此停住。

對方從他口袋裡抽手，緊接著下個瞬間，快步奔跑的腳步聲就此遠去。

他被粗魯拉起，甩了幾下耳光。

臉頰的刺痛令他意識清晰。

他微微睜眼。

眼前出現一名年輕男子的臉龐。此人雙目細長、鼻梁高挺，有著當地少見的白淨膚色。男子窺望他，眉宇間泛著擔心之色。

「喂，你不要緊吧？」

對方以日語問道。他心中的不安和恐懼旋即消失，一股安心感向全身擴散開來。

高林朝這位在遙遠異邦解救自己的年輕男子微微頷首，接著馬上又不醒人事……

3

「您回來啦。」

一打開門，旋即有人以生硬的日語迎接。

緊跟在聲音之後，出現一名身材嬌小的年輕女子。

她眼若點漆，令人印象深刻。烏黑油亮的長髮，垂落雙肩。儘管天色已晚，但她還是整齊地穿著白色的絲質長褲和鮮花圖案的絲綢衫，因爲她一直在等候高林返家。她立領上的粉頸微傾，嘴角總是帶著一抹溫柔的笑意。

女子名叫燕。

在越南話中是「燕子」的意思。

「我回來了，燕。」

高林張開雙臂，將她纖細的身軀抱個滿懷。

高林是在舞廳認識燕。一開始見到她時，燕穿著一件高叉直開到腰際的長擺藍色絲綢衫，在舞池上如同飛燕般，展現輕靈的舞姿。高林一眼便爲她著迷。他每天都來找燕，極力追求。照理說，競爭者應該不少。當燕答應和他同居時，高林簡直不敢相信自己竟然這般幸運。

之所以在黎利街租下這間漂亮的洋房，也是爲了能和燕一起過兩人生活。高林那爲愛痴迷的模樣，引來周遭人的訕笑。不過許多到外地生活的日本軍人，都是將妻小留在日本，自己在外地另組家庭，過著雙重生活，處之泰然。高林是貨眞價實的單身漢，他們根本沒資格批評。不過，好不容易才和燕一起生活，但最近高林卻將她留在家中，又開始上起了舞廳，連他自己也感到驚訝。

後腦突然感到一陣刺痛，高林身子爲之一震。因爲懷裡的燕伸長手臂，輕撫他的頭。

「怎麼了?會痛嗎?」

燕從他懷中移開，一臉擔憂地望著高林。

「我沒事。只是撞到頭而已。燕……」

高林緊摟燕的香肩，雙手上下游移，但剛才和他道別的那名神祕男子，始終盤據腦海，揮之不去。

永瀨則之。從暴徒手中拯救高林的那名年輕男子，如此介紹自己。

在河內市中心，有家名叫洲際酒店的酒吧。

高林不太記得自己是如何從紅河河岸道路走到洲際酒店。只斷斷續續記得自己好像是扶著某人的肩膀行走，後來坐上車。

高林朝酒吧的高腳椅坐下後，聽對方的話將遞向面前的酒杯一飲而盡，差點嗆著。杯裡裝著滿滿的烈酒。

「兩眼終於可以聚焦了吧?」

高林抬起他那眉頭緊皺的臉，眼前是那名年輕男子帶著淺笑的臉龐。此人五官端正，膚色白淨。給人的印象就像能劇面具般，感覺相當人工。

「這時候來一杯烈酒最有效了。」

年輕男子嘴角輕揚，如此誇口，接著對高林問道：

「有沒有被搶走什麼東西?」

高林這才回神，急忙摸了摸自己的口袋。似乎少了一些零錢，不過，他原本就不太記得正確的金額數目。反正也算不上什麼大錢。長褲口袋裡的鑰匙串還在。後來他想了又想，只知道少了一條手帕。

高林鬆了口氣，抬起臉來。

「所幸沒被搶走什麼東西。都多虧當時你及時趕來，眞是幫了我一個大忙。」

「聽你這麼說，我就放心了。」

年輕男子瞇起眼睛，把臉湊近，在高林耳邊低語道：

「……關於密碼電報，你的確照上級的命令，在打完電報後當場撕毀吧？」

高林彈開似地身子急往後縮，朝對方不住打量。

關於密碼電報的處理方式，上級下了幾項嚴格的命令。

關於從河內發送的電報，土屋少將所寫的日語通訊文絕不能帶離總部半步，轉成密碼的工作，全都是在總部的辦公室內進行。密碼表和亂數表全部由總部嚴密管理，使用時得一一徵求土屋少將的許可。經過亂數處理的密碼電報文，會使用法屬印度支那位於河內郵務電信局的設備，打電報給東京，而打完後的密碼電報文，上級要求得當場撕毀。相反的，東京參謀總部傳來的密碼電報，在河內總部解讀完後，也必須立即撕毀。

高林剛抵達河內時，移送密碼電報文之際，一定會有陸軍人員陪同。但最近可能是判斷沒有危險，總是由高林帶著密碼電報獨自行動。不過……

爲什麼這人知道軍方的內情？

高林瞇眼細看對方那充滿人工味的端正五官，隔了一會兒後低聲問道：

「……你是什麼人？」

「抱歉，忘了先自我介紹。」

永瀨則之。男子報上自己的姓名後，他那男人罕見的朱唇微笑了一下，說了一句匪夷所思的話。

「我們彼此要是沒有名字，會諸多不便，所以就這麼湊合著用吧。」

永瀨不讓高林有機會詢問這句話的含意，立刻以只有後者才聽得到的聲音說：

「你不用擔心。我是軍方的人。」

「你是……軍方的人？」

「別看我這樣，我好歹也是位陸軍少尉。……啊，不好意思，請稍等我一下。」

永瀨說完後，以流暢的動作從高腳椅上滑下，攔住一名正好從背後走過，有點年紀的法國軍官，悄聲與他交談。看來，他一面與高林談話，一面藉由面前的鏡子觀察背後的人來人往。

雖然不清楚他們的對話內容，但至少永瀨的法語說得流暢無礙，與高林生硬的法語相去甚遠。經這麼一提才想到，剛才在飯店大門，永瀨和人以流暢的越南話交談，走進大廳後，還隱約聽見他和別人以中文討論事情。高林現在仍無法和當地人好好對談，看在他眼中，只覺得永瀨是位令人瞠目的語言學天才。不，這並不重要。更重要的是……

——他是陸軍少尉？

這位笑容滿面地與法國軍官交談的年輕男子，別說是陸軍少尉了，看起來甚至不像是日本陸軍的相關人員。

首先，日本陸軍在入伍時，全部都理小平頭，在外地外出之際，應該也都規定得穿軍服。永瀨那梳理整齊的長髮，以及質地輕柔的全套奶油色西裝、露在衣領外的時髦領巾、底下白襯衫的質地，全都一看就知道是高級品。腳下的皮鞋擦得光可鑑人。這身無可挑剔的裝扮，與其說是軍人，不如說是經商有成的青年企業家，或是某位名門望族的少爺，還比較貼切。高林過去接觸過不少軍人，但他從永瀨身上完全感受不到他們特有的「軍人味」。

結束與法國軍官的對談返回後，永瀨劈頭就向高林問道：

「你今晚遭人襲擊的原因，你心裡可有數？」

「遭人襲擊的原因？」

突然被問這麼一句，高林想起那件事，挨了一棍的後腦再度疼了起來。

「我心裡完全沒數……應該是拿棍棒搶錢的搶匪吧。之前聽說河內治安良好，沒想到這麼危險……」

高林皺眉說到一半，猛然驚覺。

「難道是……？」

「你剛才自己說『沒被搶走什麼東西』。」

永瀨頷首：

「襲擊你的傢伙一度從你口袋裡取出錢包，將裡頭的零錢灑落一地。如果是搶錢的搶匪，應該會直接把錢包拿走。襲擊者擺明是爲了搶奪其他東西而襲擊你。也就是說……」

「等一等！」

高林急忙揮手，打斷他的話，低聲問道：

「在這之前可以請你先回答我的問題嗎？你今晚爲何會出現在那裡？聽你的口吻，你好像不是碰巧路過吧？話說回來，你看起來一點都不像軍人。你到底是什麼人？」

永瀨瞇起眼睛，自言自語似地說些和提問無關的事。

「說得也是。還有上次那件事。或許該透露些事讓你知道……」

接著永瀨轉身面向高林，說出令人驚訝的事。

正如高永所推測，永瀨今晚並非碰巧路過該處。

永瀨今晚在跟蹤某個男人。對方數日來一直跟在高林身後，他見高林今晚正好路過那處行人稀少的場所，覺得機不可失，便下手襲擊。

「我跟蹤的男人叫……算了，你聽了也沒用。因爲那一定是假名，你就算聽了也不知道是誰。而且，他應該已經逃出這個國家了。」

「……眞教人不敢相信。」

高林搖著頭如此低語。

「這麼說來，我連名字都不知道的那個男人，已經跟蹤我好幾天了？我卻渾然未覺？而你則是在監視他？」

「沒錯。我也沒料到他會突然拿棍棒襲擊你。爲了不讓他發現，我與他保持距離，一路尾隨，結果卻弄巧成拙。所以我才急忙趕向前去……晚了一步出手救你，請勿見怪。」

永瀨表情不變，以流暢的口吻回答。

「可是……可惡，眞搞不懂。那傢伙爲什麼要跟蹤我？」

「當然是爲了奪取你可能帶在身上的密碼電報嘍。」

永瀨聳了聳肩說道，接著簡短地朝眉頭微蹙，一臉狐疑的高林說明事情經過。他說……

目前英美諸國都繃緊神經，十分關注日本南方政策的走向，而這次日本的視察團也確實來到法屬印度支那。視察團的存在不僅對隔著國界相連的重慶蔣介石政權是個威脅，對之前都經由法屬印度支那支援重慶政府的英美諸國來說，同樣也威脅不小。他們正暗中策畫各種手段，想打聽出法屬印度支那視察團與東京參謀總部之間有何訊息往來。

「我跟蹤的那名……也就是今晚襲擊你的男人，是直接受雇於蔣介石政權的間諜。但他背後可能與英美其中一方的間諜組織有關。各國間諜現在虎視眈眈的對象，就是你。要是你今晚沒遵照命令撕毀密碼電報，而將它帶在身上，日本的密碼電報就會被他們奪走了。眞是好險。」

高林聽得目瞪口呆，頻頻眨眼。

之前他眼中充滿異國風情、平靜祥和的河內，到底是什麼？

滿是醇酒和美女，令他爲之沉醉的河內背後，有個陰謀重重的可怕世界正蠢蠢欲動……而偏偏他就被投入那漩渦之中……

由於他發起呆來，差點沒聽見永瀨接下來說的話。

「不好意思，可否麻煩你再說一次？」

「你聽好了，高林先生。」

永瀨停頓片刻後，很仔細地對他說道：

「事態比你想像中還要來得急迫。既然這樣，今後你也必須承接機密任務才行。」

「機密……任務？」

「我不會委託你從事困難的任務。不過，此事在陸軍內部算是極機密的案件，絕不能讓周遭人發現。就算是視察團團長土屋少將也一樣。」

「你在開玩笑吧？」

高林露出不置可否的曖昧笑容，說道：

「我是受陸軍聘雇才來到河內。連對土屋少將也不能透露祕密？我怎麼可能接受這種工作……」

「你放心。因爲陸軍參謀總部已知道此事。」

永瀨筆直地望著高林雙眼，向他點了點頭，要他放心。

「萬一發生什麼事，你只要說出這個名字，包準你平安無事。」

永瀨說完後，以鋼筆在餐巾紙上寫了幾個字後，出示給高林。接著一把火將它燒成灰燼，丟進菸灰缸中。

高林躺在床上，輾轉難眠。

打從剛才起，身邊便傳來燕平順的呼吸聲。

高林嘆了口氣，感覺眼前這片黑暗中，彷彿看得出一排浮現在火焰中的文字。

D機關。

在永瀨指尖處燃起的紙片，清楚浮現出那三個字。

4

隔天午休時間，高林婉拒同事的邀約，獨自出外用餐。

那是面向竹帛湖的咖啡廳「Pavilion」。

這裡離總部有點距離，所以視察團的人鮮少光顧。

他以雞肉河粉簡單湊合一餐，正在喝法國風味的濃咖啡時，永瀨出現在咖啡廳門口。

儘管外頭豔陽高照，他仍是那一身無可挑剔的西裝打扮。他腳下那雙皮鞋晶亮如鏡，很難相信他是從布滿塵埃的馬路上走來。令人驚訝的是，他額頭連一滴汗也沒流。右手拎著一份折成四折的報紙。

高林看了一下時鐘，剛好一點。

正好是約定的時間。

在咖啡廳門口停步的永瀨，就像要挑位子似地左右張望。

他緩緩地將拿在右手的報紙，換到左手。

「警戒解除」。

高林將小咖啡杯湊向唇邊，緩緩吐出先前彆在胸中的那口氣。

——就算看到我，你也絕不能主動叫我。

昨晚永瀨在洲際酒店的酒吧裡，一再叮囑高林。

「我會先確認四周是否有可疑人物。當我右手的報紙移向左手時，就表示警戒解除，也就是沒有可疑人物。如果我右手一直拿著報紙，那就請你立刻離席走出店外。絕不能開口叫我。」

永瀨走向桌邊，向他叫喚，那模樣就像是這才發現高林在店內似的。

「咦，你在這裡吃午餐啊？眞是難得。」

「偶爾想換個河岸用餐。」

高林照他昨晚教的台詞應道。

——我這邊也沒任何異狀。

這才是話中眞正的意思。如果有狀況，則是反問一句，「不好意思，請問您是哪位？」

「可以一起坐嗎？」

永瀨如此詢問，朝對面的椅子坐下。剛才高林在看的報紙，已折成四折擺在桌上。一旁擺著永瀨帶來的報紙——法語的《時報》。

兩人喝著法國風味的濃咖啡，閒話家常聊了十分鐘後，高林先行起身。

「我也差不多該回去工作了，恕我先告辭。改天再見。」

高林行了一禮，拿起桌上的報紙。不過他拿的不是自己的報紙，而是永瀨擺在桌上的那份。

他將報紙帶回總部，確認四下無人後，打開來檢查。

折好的報紙內，貼著一張不太起眼的小紙片。是一張白紙，乍看之下什麼也沒寫。但他遵照吩咐，以筆芯在紙張表面輕劃後，浮現出幾個字。

是機密的電報內容，以及下次見面的時間和地點。

高林看了一眼，將內容記在腦中，接著按照指示把紙浸入水中。

那張薄紙旋即在水中融解，消失得無影無蹤。

高林取出密碼表和亂數表，立即著手製作密碼電報……

坦白說，剛開始的第一個星期，他一直都戰戰兢兢。

——傳送非正式管道所提供的電報內容。

這對通訊士而言，是最大的禁忌，而此時他刻意觸犯了這項禁忌。在不被周遭人發現的情況下，偷偷製作密碼文，混在一般的電報文中，暗中傳送。

既然受雇於陸軍，傳送非上級命令的電報，是明顯違反契約的行爲，非但如此，甚至可能得受軍法審判。

高林之所以甘冒危險遵從永瀨的指示，一來是因爲先前自己在危難時，曾蒙他解救，覺得欠他一份恩情；但原因不只如此。因爲永瀨曾經說，「各國間諜現在虎視眈眈的對象，就是你。」

高林之前在日本時，從沒想過會有這種事，但他第一次發現自己身處於祕密的核心，對這樣的狀況起了某種興奮的快感。這當然是因爲他對永瀨懷有一份信賴感。

——萬一發生什麼事，永瀨會保護我。

說到底，這是因爲永瀨的言行和人品有種能夠強力說服別人的神奇魅力。

他接受委託的「機密任務」有二。

一是將永瀨交付他的便條轉成密碼電報文。

二是將製作好的密碼電報文傳給參謀總部。

交付他的便條，全是看起來莫名其妙的文章。這透露出永瀨與接收電報的一方（參謀總部）之間，事前已達成某種默契。

另一方面，永瀨對他打電報的方法也下達了古怪的指示。

「一般通訊文的最後一定會加上『通訊結束』的暗號，請接在後頭打出機密電報。」

第一次見面時，永瀨如此吩咐他。

——可是，在「通訊結束」的暗號後面打上電報，參謀總部不就什麼電報也收不到了嗎？

面對高林的疑問，永瀨只是微微一笑，神祕地說了一句，「關於這點，你不必擔心。」

不管怎樣，可以確定的是，這是陸軍參謀總部認可的機密任務。

高林並不想進一步細問。

5

「你知道我們的工作最需要的是什麼嗎？」

高林突然被問這麼一句。

和之前一樣，在洲際酒店的酒吧裡。

距離高林被暴徒襲擊的那一晚，已過了將近兩個星期。

在上次交換報紙所獲得的指示下，今晚高林被喚至洲際酒店。

照指定的時間抵達一看，永瀨早已在吧檯等候。高林遵照吩咐，與他隔一個座位坐下，向酒保點了一杯名爲「樂園」的雞尾酒。這是「沒有異狀」的暗號。

永瀨望著前方的鏡子，確認背後的狀況，接著緩緩移往隔壁的座位，朝向前方。他沒有直接看高林，低聲慰勉他的辛勞。之後他突然問高林，我們的工作——也就是間諜的工作，最需要的是什麼？

問完後，永瀨馬上自己回答道：

「是運氣。」

「運氣？」

高林頗感意外。

他滿心以爲永瀨的回答會是勇氣或行動力這類的答案。

「正確來說，是運氣和加以利用的能力。或者該說是將眼前的偶發事件，轉換成自身運氣的臨機應變的能力。」

永瀨說到這裡停頓片刻，朱唇浮現一抹笑意，再度接著道：

「舉例來說，高林兄，前些日子你遭敵方間諜襲擊時，我也在場。就某個層面來說，可說是偶然。但我掌握那次機會，決定委託你執行機密任務。和身爲民間人士的你接觸，原本該是違反規定。但我接受訓練的機構，曾教導我『想要活命，就得打破成規，善用自己的頭腦』。所謂的運氣，就是這個意思。」

高林頷首，覺得他言之有理，甚爲感佩。

「託你的福，我在這裡的任務已有卓越的成果，就快結束任務了。很遺憾，我不能向你透露詳細的任務內容，但我很感激有你的幫助。」

永瀨說完後，舉杯向高林致敬。

「可以問你一件事嗎？」

高林戰戰兢兢地開口道：

「爲了作爲日後參考，希望你能告訴我，有沒有什麼祕訣，可以分辨敵人的間諜？」

這很困難呢——永瀨一臉爲難地瞇起眼睛，如此應道：

「間諜原本就不能太過顯眼。反過來說，什麼人都有可能是間諜。例如飯店的櫃檯人員、酒保、新聞記者、神父、醫生、警察，或是軍人。不論是誰，都不足爲奇。他們究竟採取何種僞裝，一般人很難加以區別。特別是在這個國家……」

永瀨微微蹙眉，轉頭望向背後的舞池。

高林馬上便明白他話中的含意。

他的視線前方有當地常見的法國軍官、逃亡的俄國人、英國新聞記者、美國觀光客、富裕的華僑、經商有成的本地越南人，以及歷經長達六十年的法國殖民，不分歐亞，混雜了多種血統，並在南國的烈日照曬下擁有古銅膚色，乍看根本分不清是何許人種的居民，來回穿梭其中。

在這塊土地上的日本人並不多，日本間諜要潛入其中並不容易。經高林詢問後永瀨才說，他之所以總是打扮得如此講究，是因爲「在這裡打扮成馬賊出身的『一旗組』（註）最不顯眼」。

相反的，如果是中國或法屬印度支那、英美方面的間諜，則可以輕鬆混在人群中，採取各種僞裝……

「就算是對當地人也不能大意。雖然沒有確切證據，但高林兄，現在每天和你碰面的人當中，也可能有敵方的間諜。」

「這怎麼可能？」

高林半信半疑，反射性地轉向永瀨。

「從那起事件發生後，我也開始小心留神。可是你說每天碰面的人當中，有敵人的間諜混在其中？再怎麼說也不可能有這種事吧？」

「舉個例子吧，有了……」

永瀨微微皺眉，猛然想到似地說道：

「你知道那個叫郜的男人吧？」

「郜？怎麼可能？」

高林腦中浮現那名年輕男子黝黑的臉龐，驚訝地頻頻眨眼。

郜是當地的商人，每天都在視察總部出入，替眾人準備日常用品。每次遇見他，他總是報以開朗的笑容，主動打招呼，爲人親切。

郜會是敵人的間諜？

但是能在總部出入的人，應該都已經被調查過經歷了。

高林曾在偶然的機會下看過郜的調查表。那份報告說，郜已在這塊土地經商多年，深受周遭人的信賴。他的生意是以動力船在河上載運商品。他是華僑與泰國人的混血，所以看起來哪種人都像，但又不太像。但如果連他都可疑，那就每個人都有嫌疑了。

「不管怎樣，說郜是敵方的間諜，這實在太……」

註：二戰前在滿州獲得成功的日本人。

「目前還沒有確切的證據。」

永瀨搖著頭說道：

「不過根據調查，郜暗中出入於法屬印度支那的司令總部，而且每次好像都被請進司令官的房間。不像只是有生意上的往來。問題在於他負責的是何種程度的任務……」

永瀨這番話，聽起來感覺無比遙遠。

——郜是法屬印度支那的間諜？

高林覺得自己眼前的世界，一切都開始變得可疑了起來。

6

隔天，河內一樣一早便是萬里無雲的晴天。

高林到總部上班的途中，一如平常先繞往法屬印度支那的郵務電信局一趟。

「Allo（你好）」

他朝一名熟識的法國通訊員打招呼。

那名體型矮胖、頭頂光禿的男人慵懶地抬起頭來。他的名字好像叫雷蒙德。看他那浮腫的眼袋，昨晚肯定又喝多了。高林曾多次在夜晚的街頭目睹雷蒙德喝得爛醉如泥。

「有沒有來自東京的電報？」

經他詢問後，雷蒙德不發一語地打開桌子的抽屜鎖，取出幾份電報，拋在桌上。

「Merci（謝謝）」

高林向他道謝，但雷蒙德還是一樣嘴角下垂。

起初高林懷疑雷蒙德之所以總是如此沉默寡言，是因爲法國吃了敗仗，輸給德國，要不就是對日本有反感。但後來才發現，法國人在工作時，一般都心情不太好。

高林迅速將手中的密碼電報大致看過一遍。

沒看到緊急電報的標記，全是一般的定期聯絡。

高林將密碼電報收進公事包裡，確認上鎖後，步出屋外。

曬得令人隱隱作疼的烈陽從頭頂灑落。雷陣雨來時，藍天馬上烏雲密布。河內每天都會降下宛如瀑布般的傾盆大雨，長達三十分鐘到一小時之久，接著立刻雨過天晴。雷陣雨的時間，幾乎每天都會準確地提前一個小時。倘若今天下午三點下雨，明天就會從下午兩點開始下。只要記住這樣的時間，就不必擔心會淋成落湯雞。

接收東京參謀總部傳至法屬印度支那郵務電信局的密碼電報並送往總部，也是高林的工作之一。這工作不像通訊士，反倒比較像郵差。但話說回來，密碼電報絕不可能請法屬印度支那的人代送，所以高林自然得每天多次兩地往返。

來到總部後，他馬上窩在總部的辦公室裡，開始解讀東京傳來的密碼電報。將它轉換成明文後，再呈交土屋少將。接著從土屋少將那裡接下幾份明文，以相反的步驟，使用密碼字典和亂數表將它轉成密文。如果不是緊急電報，可以等累積到一定份數後，再帶往法屬印度支那的郵務電信局，借用法屬印度支那方面的設備傳送電報。

自從到法屬印度支那就職後，這已成爲他平日的工作。
根據小道消息，中國大陸此刻同樣戰火交錯，被徵召爲通訊士的同事，似乎有愈來愈多人命喪沙場。而法屬印度支那全無戰事，看起來平靜祥和，目前視察團內也沒鬧過人命。
置身在法屬印度支那的燦爛陽光下，高林只覺得之前在洲際酒店聽永瀨提的另一個充滿陰謀的世界，實在教人難以相信。然而……
在總部的走廊轉角處，高林差點與一名年輕男子撞個滿懷，他感覺到自己的臉色馬上爲之一僵。
是常在此出入的商人部。
從那天起，高林便常躲著部。
遠遠看到部的身影，他便馬上躲進自己在總部的辦公室內，如果來不及躲，就索性別過臉去。
「你好。」
部那張黝黑的臉總是泛著柔和的笑容，向他問候，高林卻只是僵硬地回以一笑。
數天後……
結束工作的高林，一如往常，於固定的時間離開視察團總部。
來到馬路後，他陡然停步。

眼下可以就這樣回到位在黎利街，有燕在等候他的家。也可以到常光顧的舞廳玩樂，或是到湖邊那家新開張的餐廳嚐鮮。

雖然下班時間是六點，但在南國河內，這時候天色還很亮。

高林心想，稍微散步片刻，應該會有好主意，於是他朝市街走去。

南國的每個地方差不多都一個樣，河內的街道從傍晚便開始熱鬧非凡。當夕陽西下，白天的暑氣減緩後，人們這才走出戶外開始活動。

男人將桌椅搬到家門前的步道上，擺出老舊的撲克牌或棋盤，天南地北地閒聊。另一頭的女人則是使用類似日本陶爐的器具，開始張羅晚飯。老占卜師背倚牆壁而坐，口中唸唸有詞。在路旁開店做生意的理髮師，站在樹下替客人理髮……

高林並不排斥當地越南人的這種營生方式。他從小生長的高知，也有類似的味道。當地人對於混在他們當中的高林，也只是微微看他一眼，並沒把他當外人看。

神清氣爽地享受散步之樂的高林，突然覺得背後有股奇怪的感覺，停下了腳步。

——有人在看我。

他有這種感覺。他小心翼翼地環視周遭，但始終沒發現有誰正盯著他看。

——也許是我自己多心。

高林露出苦笑，但緊接著下個瞬間，他猛然一驚。

在巨大的懸鈴木下，理髮師背對著馬路，正在替客人理髮。

有一塊鏡子碎片以繩子垂吊在樹枝下，正隨風搖曳，但高林覺得那名映在鏡中的客人，有個短暫的瞬間與他目光交會。

鏡子隨風搖擺，清楚看見男子的臉。

是郜。

在當地經商的郜在這裡理髮，並不是什麼值得大驚小怪的事。但郜一面開朗地和理髮的男子交談，一面卻以幾欲將人貫穿的銳利眼神緊盯著映在鏡中的高林。

高林感覺背後冷汗直流。

待他回過神來時，郜已理完髮，正要從椅子上站起。

高林急忙轉身，快步離開現場。

他心想，得趕緊擺脫郜那可怕的眼神才行。

永瀨曾經說「郜也許是敵方的間諜」。坦白說，之前高林一直半信半疑，但現在他已經確定。郜在鏡中緊盯他的眼神，實在非比尋常，他果然是敵方的間諜。不，也許那天晚上襲擊自己的男子，就是郜……

正當他一面走一面思忖時，突然發現一件事，不禁駐足。

從剛才起，背後便一直傳來同樣的腳步聲。

河內的街道是石板地。這裡到處都配合法國人的喜好，鋪設石板，若穿著皮鞋走在上頭，一定會發出聲音。高林因爲擔任通訊士，對聲音特別敏感。走在石板地時，人們的腳步聲會隨鞋子的種類或步行方式而帶有獨特的波長。聽慣摩斯密碼的高林，可以清楚分辨腳步聲的特徵。

他的耳朵向他透露——

那名跟蹤者現在正停下腳步，站在他背後。

高林全身寒毛直豎。

他提不起勇氣回頭看。

當他邁步前行，背後也再度傳來腳步聲。

他加快步伐，努力想甩開那個腳步聲。背後的腳步聲也跟著加快速度。沒用，距離還是維持不變。他繞過一個又一個街角，但還是沒用，終始無法擺脫對方。

他一面集中精神注意背後的腳步聲，一面在黃昏的河內街道徘徊。

他已不清楚自己走過哪些地方。

當他發現時，已被逼進無人的死胡同。

——怎麼會這樣……

高林伸手抵向那擋在面前的光滑石牆，擦拭額頭的汗水，這才發現一件事。

他爲了甩開跟蹤者，而四處徘徊，但事實上，是那人將他逼入這裡。

死胡同的入口處傳來一個緩緩靠近的腳步聲。

腳步聲突然停住。

高林吞了口唾沫，使出他所有的勇氣，轉頭望向身後。死胡同的入口處，矗立著一個背光的黑影。

「……郜……你是郜，對吧？找我有什麼事？」

他以喘息般的聲音問道，覺得黑影彷彿露出冷笑。接著……

對方突然消失無蹤。

高林被嚇傻了，茫然呆立原地。

——沒事了嗎？

他惴惴不安地走出死胡同。

他左右張望，但眼前只有一路綿延的石板地，連一隻會動的小貓也看不到。

——怎麼回事？到底發生什麼事？他跑哪兒去了？

高林腦中一片混亂，但同一時間，他感覺到自己的思緒正不斷轉動。

這處倉庫比鄰而建的場所，道路左右兩側是綿延的高牆。不論對方走往哪一邊，都不可能聽不到腳步聲。既然這樣，對方應該是藏身在某處才對。但這又是為什麼……？

咦？

他莫名有一種似曾相識的感覺。

最近有過同樣的情況。不，並非完全一樣。但當時好像也……

突然有種可怕的想法浮現腦中。

緊接著下個瞬間，高林直視前方，在石板地上全力往前疾奔。

7

詐欺集團的黨羽出現在交易現場時，被現場埋伏的日法聯合憲兵隊當場一網打盡。他們假借日本某大商社的名義，想騙取滯留在法屬印度支那國界的大量援蔣物資。

集團的首謀是永瀨則之。

長期在上海替日本軍人和歐美人士當皮條客的永瀨，從他在神樂坂料亭當藝妓的妹妹那裡得知法屬印度支那有援蔣物資的情報後，便渡海來到法屬印度支那，打算一攫千金。

英美諸國爲了支援重慶的蔣介石政權所運送的「援蔣物資」，目前應日本的要求，從火車上卸下，大量留置在法屬印度支那和中國的國界附近。物資內容有大量的汽油、卡車及其他運輸車、隨身糧食等。如今戰局擴大，這些物資價值連城。

要是永瀨的詭計得逞，他們應該可以賺取上億的資產。

「看來，是出入參謀總部的一名陸軍軍官，和藝妓枕邊細語時，洩露了我們處理援蔣物資的情報。給我們捅了這麼大的簍子。」

土屋少將擺著張臭臉，忿忿不平地咒罵著。

立正站在辦公桌前的高林，別說是點頭了，就連看土屋少將也不敢看一眼。

等候處分。

這是高林現在的處境。因爲……

永瀨想到的詐欺手法委實驚人。他假裝是參謀總部發出的電報，向法屬印度支那下達「移交援蔣物資」的指示，想在光天化日之下接收物資。

爲此，他只需要進行一項作業。

那就是製作假的密碼電報。

因爲日本陸軍的密碼號稱「無法解讀」，獨步全球，但這世上沒有絕對無法解讀的密碼。如果是爲了取得上億的資產，絕對值得放手一試。

永瀨最先看中的，是留在法屬印度支那的法國人道德規範低落的一面。他們的祖國在納粹德國的閃電攻勢下舉白旗投降，首都巴黎被德國人的軍靴踐踏，面對如此的屈辱，當地許多法國人都不能接受。之前在法屬印度支那的社會裡，法國人鄙視其他人種的程度近乎異常。如今他們的高傲自尊突然被粉碎，這股反作用力極爲強大。法屬印度支那的法國人當中，有人變得自暴自棄。長期在上海和歐美人打交道的永瀨，冷靜地看出這一切。

永瀨先接近在法屬印度支那郵務電信局擔任通訊士的雷蒙德。就像先前對高林那樣，永瀨有一種特殊才能。坦白說，他確實是舌粲蓮花，而且天生有語言天分。不論對手是誰，只要他有心，便能取得對方的信任。永瀨在夜街接近那名酒中沉浮的法國通訊士，激起他的自尊心，藉此拉攏他。雷蒙德在日本視察團利用法屬印度支那的設施打密碼電報時，暗中加以複印，交給永瀨。

但從結果來看，他這項嘗試進行得並不順利。

光是盜閱密碼電報，終究還是無法破解人稱「無法解讀」的日本陸軍密碼。要製作假的密碼電報，一定得對照日語寫成的通訊文才行。

永瀨馬上接著使出對策。那就是……

「你這傢伙也眞是夠可悲的。」

土屋少將望著高林，瞇起銀色細框的圓型眼鏡底下的雙眼，說道：

「被自己迷戀的女人給騙得團團轉。」

這句殘酷的話直刺進高林胸口。

燕。

那宛如春燕般順從，惹人憐愛的燕，是那群被逮捕的詐欺集團的成員。燕其實一點都不愛高林，她眞正愛的是永瀨。他是奉永瀨之命，在舞廳主動接近高林，和他一起生活。

目的是高林可能會帶在身上的日語通訊文。就只是爲了這個目的。而儘管她對他沒半點愛意，卻只因這是永瀨的命令委身高林。

燕可能連日來都趁高林外出時查探他的東西，但高林完全遵照上級的指示，從未將通訊電報帶回家中。

再這樣下去，根本無法解讀密碼。不久，眞正的日本大商社（他們的鼻子特別靈敏，很快便能嗅出哪裡有利可圖），或許會私下與軍部交涉，搶奪那批援蔣物資。

焦急的永瀨最後決定親自現身，與高林接觸。

這就是那天晚上高林被暴徒襲擊的眞相。當他被襲擊時，永瀨出手相救。以此博得他的信任後，假裝是軍方祕密機關的人，將高林捲入其中，設計讓他製作機密電報。

既然不能取得日語的通訊文，那就反過來讓對方將自己所寫的日語轉爲密碼即可。兩相比照後，不管何種密碼都有可能解讀。不，在這種情況下，已不需解讀密碼，只要取得命令他們交出援蔣物資的假密碼電報用語即可。

永瀨先將假密碼電報所需的幾個單字，分別藏在幾份乍看毫無意義的通訊文中。而且還佯裝在執行機密任務，刻意使用交換報紙這種神祕兮兮的方法，將通訊文交給高林，讓他轉成密文。

永瀨會透過雷蒙德取得高林打的密碼電報，而他早就知道原本的日文內容，這麼一來要猜出對應的密文就不是難事了。

當然了，在他假冒陸軍少尉的這段時間，要是被接收電報的東京參謀總部懷疑，一切將會前功盡棄。於是永瀨一再叮囑高林「一定要在通訊結束的暗號後方打上機密電報」。高林在打上「通訊結束」的同時，雷蒙德伸手關閉桌下的電源，切斷通訊線路。

就這樣利用這些分次取得的密碼，永瀨假冒陸軍參謀總部發了一封假的密碼電報。由雷蒙德將它混在眞正的密碼電報中，交給高林。不知情的高林按照平時的作法解讀密碼電報後，呈交給土屋少將。

也就是今天。

來路不明的跟蹤者消失後，高林卯足全力衝回總部。

那名神祕的跟蹤者沒發出任何腳步聲，就這麼消失無蹤。思考箇中原因的高林，突然想到某件事。

對了，和那時候一樣。

被暴徒襲擊的那晚，高林確實聽見襲擊他的人離去的腳步聲，但他完全沒聽到永瀨「急忙跑來」的腳步聲。

位於紅河河岸的那條路，左右都被河流和倉庫的高牆包夾，前後是一路綿延的石板路。不只那天晚上，永瀨總是一身講究的打扮，腳下還穿著晶亮如鏡的皮鞋。如果他眞是「急忙跑來」，只要不是打赤腳或穿膠底鞋，身爲通訊士的高林不可能沒聽見他快步跑來的腳步聲。

換言之，永瀨是事先藏在附近某處，看著高林被襲擊。然後看準時機慢慢現身，朝他走近。

只能如此猜測。

但永瀨爲何要這麼做？

高林如此思索時，想到了一個可怕的念頭。

永瀨該不會是假的間諜吧？如果他說的話全是謊言……

當他回過神來時，已全力往前疾奔。接著高林持續在南國河內的街頭飛奔，未曾停歇，他抵達總部時，全身熱汗淋漓，上氣不接下氣。高林要求見土屋少將，說「事態緊急，希望能與將軍面談」，土屋少將聞言，雖然神色平靜，但還是看得出來全身爲之緊繃。

土屋少將聽完他的說明後，只簡短地對高林說了一句，「你到其他房間等著。我事後會下達處分指示。」接著馬上起身離席，不見蹤影。

三個小時後……

土屋少將找來高林，告訴他以永瀨爲主謀的詐欺集團一行人，正如同高林所說，出現在他們以假密碼電報指示的地點，佯裝是日本大商社的人，要求軍方交付援蔣物資。永瀨的僞裝相當完美，文件也樣樣具備，倘若只有管理物資的士兵在場，肯定會聽從他們的要求。但就在詐欺集團準備拿走物資時，早已埋伏在現場的日法聯合憲兵隊現身，將他們一網打盡。逮捕的一行人當中，包括了法屬印度支那的通訊士雷蒙德，以及和高林同居的那名年輕女子——燕。

土屋少將以極其開朗的口吻告訴高林事情的始末。

土屋少將先前說的話是否會有什麼改變，高林完全無從猜測。

——我事後會下達處分指示。

三小時前，他是這麼說的。

雖然高林並不知情，但解讀假造的密碼電報，並呈交土屋少將，罪行恐怕不輕。不，在這之前，高林被永瀨所騙，曾多次替他製作非上級下令的密碼電報，傳送給東京的參謀總部（雖然最後都沒送達）。

不論土屋少將下達何種處分，他也都不得有任何怨言。

「製作非上級命令的密文，並加以傳送，你這種行爲原本應該重罰。」

土屋少將表情轉爲嚴肅，以嚴厲的口吻說道。隔了一會兒，他輕咳幾聲，接著說：

「不過，你察覺那群不法之徒想奪取軍方物資的陰謀，並於事前通報，這點還是必須給予肯定。多虧有你的通報，才能將他們一網成擒。因此，功過相抵，決定不予追究。」

這意想不到的處分，令高林大爲驚愕。

土屋少將接著低聲道：

「但此事絕不能向他人提起。那假造的密碼電報，從沒發生過，知道了嗎？特別是海軍那班人，絕不能讓他們知道。」

——原來是這麼回事……

高林這才明白情況。

此次事件，是因爲法屬印度支那視察團主要核心的陸軍，太過相信自己的密碼系統，連通訊裝備也沒帶，才會釀禍。海軍則是攜帶了自己的通訊裝備。如果向他們借用裝備，就不會有這種事發生。當然了，陸軍與海軍之間多年不睦，這也是事實。陸軍方面不可能向他們低頭懇求。

絕不能向視察團同行的海軍那班人公開此事。

這是土屋少將的判斷。不過……

高林側頭感到納悶。

的確，正因爲高林事前察覺永瀨等人的陰謀，並在他們騙取物資前加以逮捕，此次的事件才能當作「從沒發生過」。但高林是在三小時前才通報，要組成日法聯合憲兵隊，並派遣前往執行任務，未免調度得太過完美。

高林認爲早在他報告前，便已安排妥當。

到底是誰……？

驀然有個文字從他腦中閃過。

「D機關是……？」

他還沒細想，就已脫口而出。

永瀨的妹妹與某名陸軍高級軍官枕邊細語時，從他口中問出的情報，就只有援蔣物資嗎？

當時——

先前永瀨在指尖焚燒寫有「D機關」的紙條時，當時他的側臉流露一種從未見過的自信神情。倘若陸軍內部眞有名爲D機關的機密諜報機關，那會怎樣？就算有人對永瀨他們的行爲產生質疑，但D機關這個組織畢竟只有陸軍高層中極少部分人才知道他們的存在，要確認他們現在從事何種作戰，得花不少時間。只要趁這段時間奪取物資即可。如果永瀨是打這個主意的話……

他這個想法並非毫無根據。

那名來路不明的跟蹤者憑空消失，而且沒留下腳步聲。託他的福，高林才得以懷疑永瀨的眞實身分，但那人究竟是誰？在逆光下只有短暫一瞥的身影輪廓，看起來像是常出入於總部的那名當地年輕商人——部。

如果部才是眞正的D機關成員呢？

永瀨說過「間諜不能太過顯眼」，還說，「在這裡打扮成馬賊出身的『一旗組』最不顯眼。」

但眞要這麼說，自稱是華僑與泰國人的混血兒，以商人身分完全融入當地人之中的部，才眞正稱得上是**不顯眼**。

難道他早已察覺永瀨他們的陰謀？會不會其實是他下達指示，聯合憲兵隊才會在事前便已組織好待命？

不過，眞的要派遣憲兵隊，需要「有人通報」，高林就是被利用的那顆棋。爲了利用他當通報人，部調查永瀨和高林接觸的情況，讓他自己察覺當中的矛盾。會不會這才是那場詭異的跟蹤眞正的用意……？

「忘了這件事。」

土屋少將突然從辦公桌上趨身向前，把臉湊向高林，以不同於先前的低沉嗓音說道：

「D機關根本就不存在。我不知道你是從哪兒聽到這個稱呼，不過，在你走出房門之前，得忘了它。知道嗎？」

正當高林不知如何是好時，土屋少將已縮回身子，靠向椅背。接著他突然以輕鬆的口吻笑著說道：

「不過，換個角度想，這樣的結果也不錯，不是嗎？」

「……也不錯？」

「告訴你一件事，你可別傳出去。我們就快離開了。否則到時候，這裡的女人可能會吵著要錢，或是惹出更大的麻煩事來。反正你也沒打算要帶那個女人回日本吧？」

「這個……」

高林一時爲之語塞。

他是眞心愛著燕，但問到是否眞有帶她回日本的打算……

高林自己也沒想過這個問題，覺得彷彿有隻冰冷的手朝他心口摸了一把。

＊

兩週後，留在河內的日本人接獲全部撤離的命令。

緊接著，日軍大舉進攻印度支那北部。

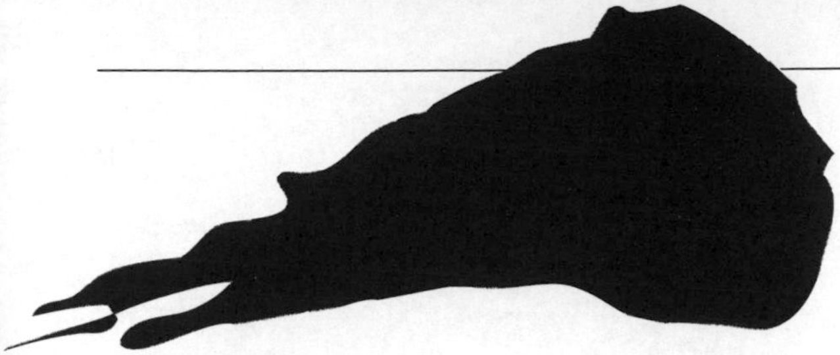

棺柩

1

「希、希特勒，萬、萬歲！」

男子一進屋，就高舉右手，全身僵直地立正站好。

他聲音發顫，臉因緊張而顯得蒼白。儘管說得結結巴巴，但好歹還是把整句話說完了。

在軍帽底下苦笑的赫爾曼．沃爾夫上校，隔著帽緣重新端詳這名男子。

有著塌鼻和紅臉的中年男子，手指因恐懼而微微顫抖。惶惶不安，四處游移的褐色眼瞳，感覺不出絲毫的偽裝。

——期待落空，不是這人。

他立即下了判斷。

他腦中描繪的人不是這樣的傢伙。這種水準的人在今日納粹政權下的德國，根本無法鑽過他們一層又一層的監視網，成功達成「間諜」的任務。

沃爾夫上校微微蹙眉，再度將注意力放在男子進來之前，他一直在手中把玩的火柴盒。

——如果是這樣，為什麼他帶著這種東西？

不管怎樣，必須問清楚詳情。看他如何回答，再做決定……

他抬起臉，與男子正面對望。

他的軍帽底下冒出一個異樣之物，那是覆蓋右眼的黑色眼罩。他在二十二年前的一場任務中失去右眼。不過……

有單眼就夠了。

在他那令人聯想到鋼鐵的冷峻灰色眼神注視下，男子開始全身顫抖。

2

——一場嚴重的車禍。

柏林郊外，兩列火車正面相撞。災情慘重，四十八人死亡，一百二十多人受傷。

車禍發生時，正巧有一隊希特勒青年團在附近進行訓練，他們馬上趕往車禍現場，援救傷患。他們同時逮捕在現場周邊徘徊的多名可疑人物，交給後來抵達現場的國防軍。

剛好當時暗殺總統的計畫才剛曝光，他們因而懷疑這次的火車事故，可能是反對納粹政權的「不良分子」，特別是偷偷混在勞工裡的共產黨所引發的恐怖行爲。

希特勒青年團。

是一群年紀介於十到十八歲，肩負德國未來的年輕人。他們逮捕的那幾名可疑人物，馬上被帶往位於柏林市內的國防軍情報局。

隨即展開搜身和嚴密的偵訊，不過被逮捕的人全部異口同聲堅稱，「我和車禍沒半點關係。」

經過實際調查後得知，他們全是附近的居民，因爲聽到巨大的衝撞聲而跑來觀看，或是聽人說有車禍，什麼也沒想，就直接跑來現場。簡言之，就單純只是「愛看熱鬧」。他們看見車禍現場的慘狀，心生恐懼，同時也發現青年團正睜大眼睛打量可疑人物，正準備匆匆離開時，反而被視爲可疑人物，被當場逮捕。

其中，負責對外防諜活動的情報局第三課課長沃爾夫上校，對其中一名接受偵訊的男子很感興趣。

沃爾夫上校隔著單面鏡觀察男子接受偵訊的模樣後，朝他身上的物品清單瞄了一眼，命人再次對他展開徹底的檢查。

馬上便查出了結果。

從男子口袋裡的火柴棒頭，驗出一般理應不該有的奎寧成分。

用這種火柴寫字，乍看之下什麼也沒有，但若是塗上某種化學藥品，便會浮現獨特的綠色線條。

祕密筆記用具。

不用說也知道，這是間諜特有的隨身物品。只要是情報局第三課的人，都知道這點。不過，沃爾夫上校爲何會盯上這名男子──奧圖．法蘭克？

隔著單面鏡聽不到聲音。換言之，沃爾夫上校才看一眼，就看出此人可疑。而且當時他還特地指示要「詳細檢查火柴棒頭」。

——沃爾夫上校的鼻子，隔著單面鏡嗅出狐狸的氣味。

沃爾夫上校發現部下和平時一樣，故作姿態地互使眼色，但他只是嘴角上揚，露出嘲諷的笑意。因爲……

只要動點腦筋就看得出來。

儘管身上物品清單只寫了「一盒火柴」，卻找不到菸斗和雪茄。爲了謹愼起見，他隔著單面鏡確認後，發現男子左右手的食指和中指都很乾淨。如果是癮君子，手指應該不會這麼乾淨。也就是說，男子明明沒抽菸，卻帶火柴盒在身上。他會懷疑火柴盒的用途，也是理所當然。

不過，他並不打算向這些蠢才說明原因。怎樣動腦，得靠自己去學習。爲了學會，就算付出慘痛的代價，也得……

沃爾夫上校搖了搖頭，揮除剛浮現腦中的痛苦回憶。

他伸長手，按下對講機的按鈕。

——把奧圖．法蘭克帶過來。

他低聲下令。

3

被蛇盯上的青蛙。

被押至沃爾夫上校面前的中年男子，現在就像是隻青蛙。每次被訊問，男子那光禿的寬闊前額便冒出豆大的汗珠，一張紅臉漲得更紅了。他回答得結結巴巴，光是這樣似乎就已竭其所能。

「那、那個火柴……是、是我撿到的。」

「在哪裡？」

「在、在車禍現場的附、附近。」

「只撿到火柴嗎？」

「是、是的。只、只撿到火柴。」

「不准說謊！」

沃爾夫上校突然厲聲訓斥：

「你身上攜帶了兩個錢包。你在車禍現場，趁亂打劫，所以才會想匆匆逃離現場。」

「不，我、我絕不會做這種事……」

「其中一個錢包很老舊，與你的身分相符。裡頭只有一些零錢。問題在於另一個錢包。」

沃爾夫上校已無視於對方說的話，自顧自地說道：

「那是高價位的真皮錢包，不像是你這種人會有的東西。而且還很新，上頭沒有縮寫字母。裡頭只有幾張大鈔，沒放任何顯示持有者身分的物品。快坦白說，這錢包是你跟誰偷的？這錢包的主人是誰？」

接連被問了這麼一長串，男子面如白蠟。他雙唇顫動，說不出話來。

沃爾夫上校以冷峻的聲音向兩名身穿制服守在門邊的部下下令。

「把他帶下去。行竊同胞，卻完全不當一回事，得好好矯正他腐敗的心性。只要稍微讓他嚐點苦頭，應該就會想起不少事來。」

部下從兩側架起男子的手臂，男子一副猛然回神的模樣，朗聲大叫：

「請等一下！我想起來了。我會乖乖說實話。請饒了我吧……」

沃爾夫上校輕揚單手，指示部下在一旁待命。男子前額冒汗，以懇求的口吻接著說：

「您說的沒錯。對不起，對不起，是我偷的。可是……不，不對。我發誓，我這不是向德國同胞偷來的。這可不能開玩笑啊，再怎麼樣，我也不可能偷自己的同胞啊。我偷的對象是外國人……而且還是黃皮膚的亞洲人，更何況他已經死了。死人根本不需要錢包，不是嗎……？」

「叫什麼名字？」

「咦？」

「我是問被你偷走錢包的那個人叫什麼名字？錢包裡原本應該有他的名片才對。」

「啊，經你這麼一說……」

男子眨了眨眼。

「可是，可以看出他名字的東西，我都當場丟了……」

沃爾夫上校輕輕努了努下巴，架住男子手臂的那兩名部下，立刻朝手中使勁。

「等、等一下！我馬上想，馬上想……」

男子皺起眉頭，一副努力思索的模樣。接著他似乎想到了什麼，抬起臉來。

「有了，不知道是他的姓還是名，是『M』開頭。好像叫MAKI（眞木）什麼的。」

之前一直默默守在房內角落的秘書約翰·鮑爾，迅速看過乘客名單。他站起身，向沃爾夫上校指出名單上的一行。

「符合條件的，只有這個人。」

眞木克彥，日本人。

打字印出的名單欄外，附上手寫的「死亡」兩個字。

沃爾夫上校朝名單瞥了一眼，旋即站起身。

「我們走。」

他說完話，正準備從房間旁的別門走出時，一名部下小跑步從房內橫越而來，在他耳邊悄聲詢問：

「他要怎麼處置？」

沃爾夫上校停步，轉頭望向身後。奧圖·法蘭克被抓住手臂，正以求助的眼神望著他。

坦白說，關於要如何處理事故現場逮捕的可疑人物，在各自主張擁有管轄權的蓋世太保與國防軍情報局之間，有不少角力之爭。雙方對於到底由誰負責偵訊一事，始終無法定案，結果由先抵達現場的情報局強行帶走可疑人物。因爲這次的事故懷疑與敵國間諜有關。

但根據之後的調查，事故的直接原因是紅綠燈故障。有部分配電盤劣化，出現接觸不良的問題。理應禁止列車進入的信號似乎未能正確亮燈。

無法認定這是敵國間諜引發的恐怖事件或是破壞活動。

如今正傾全國之力投入目前的戰爭中，像列車的運行管理這類日常問題，當然無法周詳因應。這次的慘禍就是這樣的結果導致，可說是不幸的意外。然而……

有不少同胞傷亡，釀禍的原因不該存在於這神聖的國家之中。

需要有代罪羔羊。

他雖然不是火災現場的小偷，但仍是趁車禍行竊的小偷，這種人根本就是人渣。活在世上對國家一點助益也沒有。既然這樣，這時候就只能拿他當犧牲品了。

「交給蓋世太保那班人。」

他如此低聲下令，再度邁步離去。

如果是蓋世太保，肯定能從這名男子口中套出對國家有利的自白……

他最後轉頭瞥了一眼，看見一名部下接獲命令後，已奔回原來的位置。面帶冷笑地在犧牲者耳邊低語。

秘書約翰在他背後關上門。

隔著那扇厚門，傳來男子因恐懼而發出的尖叫。

4

玫瑰大街三十二號。

這是眞木克彥護照上所寫的住處。

二十八歲，單身，無同居人。

職業是美術商，約在一年前登記營業。店面登記同右邊的地址。

沃爾夫上校派秘書約翰調查出此事後，立即召集部下，命令他們突襲檢查眞木的住處。

「搜索民宅，並向周邊住戶打聽。無論如何都要找出眞木是日本間諜的證據。」

部下之間登時瀰漫起一股困惑的氣氛。

平時冷靜如同寒冰的沃爾夫上校，難得顯露焦躁之色。

所有人立即向他敬了一禮，朝各自的負責崗位散去。

位於柏林郊外的玫瑰大街，是道路兩旁滿是三樓建築的典型住宅街。

突然駛來數輛車輛，幾名身穿軍服的男子陸續下車。神色不安的房東打開門鎖後，隱約可以看見附近好奇的居民從住家緊閉的窗簾縫隙間往屋外窺望。

打開門後，眼前是通往二樓和三樓的樓梯。

完全感覺不出屋內有人。

一如登記內容，似乎確實是「獨居」。

在沃爾夫上校的示意下，身穿制服的男子不發一語地走進屋內，開始仔細搜查。

如果這屋子的住戶是他國間諜，空屋裡可能設有某種陷阱。例如隨便開啓便會爆炸的櫥櫃。未解除機關就開燈，警報機便會作響，或是將錄音機內的記錄全部消除。他們也曾發現因弄錯按鈕順序而自行毀壞的祕密通訊機。

不知道裡頭會裝設何種機關，搜查勢必得小心謹愼進行不可。

然而……

三十分鐘後，持續調查的部下的神色半是懷疑，半是失望。

住家會忠實反映出住戶的個性。若以專家的眼光檢視家中遺留的生活痕跡，可準確推斷出這裡住著什麼樣的人，或是他的身高、體重、年齡，乃至於容貌、個性、平時的習慣、人際關係、成長過程。

眞木似乎個性十分嚴謹。

生意上的記錄就不用提了，他與日本友人往來的書信、公家機關寄來的通知書等，全都井井有條地建檔整理。至於日常用品，諸如洗臉用具、食物、替換的衣服等，分別都正確地收放在應該放的地方。

以一名獨居的年輕男子來看，說他這樣整理得過於乾淨，一點都不爲過。

但也就僅止於此了。

從家中遺留的生活痕跡浮現的眞木克彥的形象，與第三課調查到的他個人經歷完全相符。眞木成長於日本的富裕家庭，受過高等教育。由於他很想自立更生，因此離家，如同與家裡斷絕關係一般，遠赴歐洲學習美術。之後他對此興趣濃厚，開始自行從事美術相關的生意。

然而，儘管搜遍家中每一處角落，還是找不出眞木當過間諜的證據。

不久，奉沃爾夫上校之命向鄰人打聽的部下們返回，同樣是一臉困惑。

據居民們提供的證詞，眞木是個身材中等，不太顯眼的年輕男子。這一帶住了不少富裕的外國人（人稱「名譽的雅利安人」），日本人眞木似乎也算是其中之一。

附近沒人和他熟識，但如果和他說話，他總是回以親切的笑容，並以流利的德語回應。

當中有人得知眞木是美術商後，神情頗爲驚訝。不過，並非只有在店裡販售美術品才算是美術商。沒有店面卻從事美術品買賣的人，在歐洲也所在多有。考量到眞木的職業，他常出外旅行而不在家，也是很理所當然的事。

——難道這次沃爾夫上校引以爲傲的鼻子出錯了嗎？

在場的部下開始懷疑。

這時，房門開啓，走進一名兩頰通紅的金髮青年，是沃爾夫上校的年輕秘書約翰。

「請恕我來晚了。」

他如此說道，向沃爾夫上校遞出一份大信封。

信封內是剛洗好的幾張照片。是約翰以情報局持有的小型相機，在柏林醫院拍到的照片。

拍照的對象，全都是一名躺在床上的年輕人。

白色床單蓋至胸口的位置，面無血色的臉龐比床單還要蒼白。

眞木克彥。

在列車事故中喪命的日本青年……不，他持有寫祕密筆記用的特殊火柴，是日本的間諜。

沃爾夫上校冷峻的灰色眼瞳，以幾欲貫穿照片的銳利眼神，細看每一張照片。

眞木克彥雖是東洋人，卻有著輪廓深邃的端正五官。令人意外的是，他的臉上沒任何傷痕。衣服右領沾滿血漬，似乎被利刃劃破。除此之外，他的表情相當安詳，很難聯想到他是被捲入可怕車禍中的死者。

下一張是右手的放大照，食指與中指有髒污，他是個癮君子。沒錯，就算他身上帶著火柴，應該也沒人會懷疑。

「聽醫生說，他的死因是列車折斷的鐵架貫穿他的身軀，造成休克和失血。之所以表情如此安詳，應該是立即喪命的緣故。」

「這是**眞木本人**，沒錯吧？」

沃爾夫上校低頭望著照片，如此低聲詢問。

「在來這裡的路上，我向附近居民出示照片確認過，確實是眞木沒錯。不過……」

「不過什麼？」

沃爾夫上校抬眼問。

「怎麼說好呢……說來有點奇怪……」

約翰一臉為難地欲言又止，最後他抬頭挺胸，一本正經地報告。

「許多人看過照片後，都驚訝地說，沒想到眞木原來是個美男子。當中甚至有人說『他死了之後，反而讓人比較有印象』。」

沃爾夫上校馬上瞇起他的獨眼，接著問道：

「那麼，有人出面收屍嗎？」

「眞木的朋友還沒人到醫院去。」

沃爾夫上校下巴往內收，低聲沉吟。他在腦中重組查明的事實。接下來……

「報告。」

他暫停思考，望向擅自發言打擾他的年輕秘書。

「報告。」

秘書又說了一次，臉孔因緊張而泛紅。

「什麼事，快說。」

約翰抬頭挺胸，下定決心說道：

「我在醫院調查過眞木的遺物，但沒發現任何可疑之物。我想，眞木或許不是日本間諜，就只是個美術商。今天的搜索行動，也許該就此停手……」

「繼續搜查。」

「咦?您說什麼……」

「眞木是日本間諜。不會有錯。」

「可是……」

約翰以求助的眼神望向左右兩旁。

——看來,他是代表其他人向我表達意見,被迫當那隻向貓繫鈴鐺的老鼠。

沃爾夫上校面無表情地努了努下巴,銳利的視線投向地板某個角落。

他的視線前方,有一顆小小的白色藥錠落在打開的門後。

約翰蹲下身,伸手將它拾起。

他將藥錠放在掌中,轉過頭來一臉納悶。沃爾夫上校依舊保持沉默,催促他接著確認眞木那只擺在地上的手提包內有何物品。

然後派他查看辦公桌抽屜裡的文件。文件中寫的都是一般的交易內容記錄,沒任何特別之處。然而……

「摸摸看。」

沃爾夫上校命令。

約翰戰戰兢兢地用手指觸摸文件表面,指尖微微發白。約翰把指尖湊向鼻子嗅聞,皺起了眉頭。

「這氣味……好像是滑石粉?」

沃爾夫上校默默頷首。

約翰這才放鬆地吁了口氣，然後微微搖頭。

「掉在地上的白色藥錠，怎麼看都像是阿斯匹靈吧？每家藥局都有賣。手提包裡，有可拆式襯衫衣領、刮鬍刀組、領帶夾，還有……」

他抬起臉，聳著肩。

「全都是沒什麼特別的日常用品，我家裡也有。如果這是間諜的證據，那我也可能是間諜了。」

——你會是間諜？

沃爾夫上校在喉內發出輕笑。

連眼前有什麼東西都看不出來的人，絕不可能當間諜。

這項事實，沃爾夫上校根本懶得提。

發現的東西逐一看過後，確實都是很普遍的日常用品。因此，從秘書約翰，乃至於這些理應慣於「獵捕狐狸」的第三課部下，也都被矇騙了。

他以銳利的目光，再次環視四周。

這間屋子，整理得有條不紊，到近乎神經質的地步。雖說只是一片小小的阿斯匹靈錠，但同一個人，有可能讓它留在地上，而不去處理嗎？

那片阿斯匹靈恐怕是眞木自己放在地上。爲的是藉由藥錠擺在地上的位置，來確認是否有人在他外出時偷偷潛入屋內。

他的手提包也一樣。裡頭放的全是一些瑣細的日常用品。像領帶夾、襯衫衣領、刮鬍刀組。不過，這些物品藉由固定模式的擺放，可以是對付入侵者的警報裝置。例如領帶夾的上端事先正確地對向襯衫衣領的右端。只要這麼做，就能知道是否有人動過手提包內的東西。

最厲害的一招，就屬文件上灑上薄薄一層的滑石粉。抽屜裡先放上一些無關緊要的文件，然後朝上面灑上顏色不太醒目的粉末。這是典型的「假僞裝」，用來暴露出入侵者的存在。

他的部下還漏了一件事。

玫瑰大街的建築中唯獨三十二號這間房子的構造不太一樣。只有這間屋子，不但有面向大路的入口，還有可以從後院通往巷弄的出口，另外還設了一座門，可以通往與這間屋子左側馬路平行的小巷。不論從屋子正面還是後方的巷弄，都能通往後院……

眞木刻意挑選這間屋子的原因，沃爾夫上校已瞭如指掌。

爲了確保退路。

這是間諜挑選住處的第一條件。

——眞木克彥是日本的間諜。

這點已毋庸置疑。問題是……

「爲什麼是日本？」

約翰一臉納悶的神情，自言自語道。

沃爾夫上校的灰色獨眼轉向他，催促他接著往下說。

「日本是我國的盟友。日本的間諜暗中潛入我國，到底想做什麼？」

——日本是盟友？

沃爾夫上校就像聽到某個意想不到的笑話般，臉上露出冷笑。

「你今年幾歲？」

「十九歲。」

「原來如此。前一次大戰時還沒出生，是吧……」

沃爾夫上校從這位仍留有少年稚氣的年輕秘書臉上移開視線，朝這間屋主已死的房子來回打量。

——一模一樣。

以前他也曾聞過同樣的氣味。

狐狸的氣味……很罕見的日本狐狸。

驀地，那二十二年前的記憶，就像劃破黑雲的閃電般，在他腦海中鮮明地浮現。

5

二十二年前——

日本是德國的敵人。

德國與日本是敵對的雙方，彼此交戰。

一名塞爾維亞青年暗殺奧國皇太子引發了兩國間的紛爭，頓時將歐洲諸國均捲入其中，演變成大規模的國際紛爭。

由德國、奧匈帝國、土耳其、保加利亞等國組成的「同盟國」，對上法國、俄國、英國爲主的「協約國」。

不過，這場從夏天展開的「世界大戰」，當事人都以爲只要短短數月，最多一年，便可結束這場戰爭。而在前線常可看到，因國家的緣故而分成敵我互相交戰的士兵面帶苦笑地說，「這也是沒辦法的事。不過，聖誕節我們再一起慶祝吧。」如此和親友道別。

然而，戰爭打了半年仍未結束。

開戰後過了一、兩年，還是沒人能預料這場戰爭會以何種形式結束，戰火一再擴大。毒氣、戰爭、機關槍、潛水艇、轟炸機等可怕的新武器紛紛投入戰局，戰場上的犧牲者不斷增加。

在沒人看得見未來的情況下，各國爭相設立諜報機關，急於培訓優秀的間諜。

只要能比對手早一步獲得更準確的情報，在目前的戰局，甚至是未來理應會到來的談判場面中，便能擁有絕對優勢。

間諜帶回的重要機密情報，足以與戰場上一整個師團匹敵。

這時流傳著某個奇特的傳聞。

在戰事火熱的歐洲，有一名表現相當傑出的日本間諜。

他的代號是「魔術師」。

沒人知道他的本名，也不清楚他的長相。他精通歐洲十幾國語言，善於變裝。平時看起來很不顯眼，但他會因應情況，看起來像很多人，卻又誰都不像。只知道他還相當年輕。

日本不久前以英日同盟為由，向德國宣戰，攻占德國在中國的租借地、膠州灣，以及青島。而且才剛占領德屬南洋諸島。看準歐洲諸國無暇顧及亞洲的可乘之機，展開這種偷雞摸狗的戰略。日本為了提早得知歐洲情勢，就算派出間諜也不足為奇。然而……

全是一派胡言。

初聞這項傳聞時，沃爾夫幾乎馬上否定這個可能。

當時沃爾夫還是陸軍中尉。才剛被君特．凱茲少將率領的德國國防軍情報局拔擢。

「情報戰想贏得勝利，與可以組成何等優秀的間諜組織息息相關。」

如此主張的凱茲少將從德國軍中挑選符合條件的人選，組成情報局。著手進行組織的強化和培育。

情報局當然也對**敵國**日本進行了情報分析。對象不只是日本的軍事力量，也包括社會、經濟、歷史、風土、宗教、人生觀等各個層面。從中得到的結論是……

——日本的軍隊組織沒有培訓優秀間諜的環境。

坦白說，沃爾夫接受凱茲少將召見時，還一度拒絕情報局的拔擢。

「間諜終究只能算是一種偷雞摸狗的愚劣行徑。我不想為了這種事，耗用自己當軍人的寶貴時間。」

凱茲少將聞言，雙肘置於桌上，低頭朝沃爾夫的履歷看了一眼，嘴角掛著淺笑。

「我並沒有說要你當間諜。相反的，你的任務是找出躲在巢穴裡的敵方間諜，把對方揪出來。換言之，這是獵捕狐狸。」

沃爾夫因爲這句話而改變心意。對出身於富裕貴族階級的他來說，獵捕狐狸是從小便令他深感雀躍的一種特別儀式。

某個晴朗的秋日，一群身穿華麗騎士服的男人，騎上馬背，各自帶著引以爲傲的獵犬，齊聚在館邸的中庭裡。所有男人因興奮而臉泛紅潮，人人皆因期待能捕到獵物而雙眼生輝。

不久，宣告出發的角笛聲響起。

在樹叢間行進時，獵犬們的聲音突然改變。牠們已聞出狐狸的氣味。

一隻狐狸猛然從草叢中竄出。在獵犬的追趕下，所有狐狸發狂似地飛奔。耳朵貼著臉頰，以S形逃竄，再次衝進草叢中，越過小河。但這只是白費力氣，大批獵犬逐漸將狐狸逼至絕路。不久，騎馬的男人已趕上，和獵犬一起將狐狸團團包圍。當獵物明白自己已無路可逃時，眼中會浮現恐懼和絕望。這正是獵捕狐狸的眞正樂趣，握有其他生物生死大權的優越感。所有男人歡喜地伸舌舐唇，毫不留情地殺害那隻因恐懼和絕望而發抖的狐狸。

當沃爾夫回過神來時，已同意了情報局的挖角。

任務開始後不久，沃爾夫便明白凱茲少將所言不假。

「Abwehr（情報局）」在德語中原本是「防諜」的意思。

情報局的主要任務是防諜活動，保護國家機密不被敵國的間諜竊取。但為了達成任務，得找出隱瞞身分，偷偷藏身其中的敵方間諜，並加以獵捕。

獵捕間諜不需要確切的證據。只要有些許狐狸的氣味，亦即有間諜行為的嫌疑，便能展開獵捕。要悄悄包圍可疑場所，一起放聲吠叫。只要間諜心想「也許我被人懷疑了」，一定會主動現身。就像因獵犬的吠叫聲而嚇得發抖的狐狸，自己從巢穴或草叢中衝出一樣。對間諜來說，最大的敵人終究還是自己內心的猜疑。

沃爾夫他們追趕現身的間諜，團團包圍對方。在得知自己無路可逃時，獵物眼中會浮現恐懼和絕望。狩獵者歡喜地伸舌舐唇，將間諜因恐懼和絕望而顫抖的靈魂一把捏碎。

沃爾夫沉溺於全新的任務中。他認定這是自己的天職。到處都嗅不到狐狸的氣味，那名人稱「魔術師」的日本間諜傳聞，一定是憑空杜撰。他滿心地如此以為。然而……

時至今日，他還是不懂自己是如何中了對方的道。

某天，沃爾夫正在閱讀一份偶然取得的日本大使館密碼電報，大為錯愕。德國暗中與俄國達成的機密協議內容，竟然會被日本知悉。而且那份密碼電報文中，還提到情報是來自「魔術師」。

他急忙過濾相關人員，但他完全弄不明白到底情報是從哪裡洩露。「魔術師」就如同他的稱號般，不露痕跡地展開諜報活動。

之後德軍的機密情報還是持續傳向日本。

沃爾夫之所以能知道情報洩露的事，是因為他有獨自的管道，可以取得日本大使館的密碼電報。若非如此，恐怕一直到最後都還不知道情報洩露的事。

德國情報局傾全力追查「魔術師」的行蹤。

到處設下陷阱。

包圍所有可疑的場所，毫不猶豫地放狗咬人。

但這名暗號名稱「魔術師」的日本間諜，別說是被人逮住狐狸尾巴了，他甚至從未露面。猶如被惡魔附身的狡猾狐狸，嘲笑騎在馬背上的獵人般，一樣繼續早情報局一步奪取德國的機密情報。

而就在戰爭末期的某日，一名日本青年在軍港都市基爾郊外被捕。

逮捕理由是間諜罪。

不過，當時沒有確切證據可以證明他是間諜。別說是間諜了，從外觀根本就無法判斷這名青年是日本人。

他看起來什麼人種都像，但又都不太像。身材中等。仔細端詳他的五官，長得相當端正，但只要稍微移開目光，便想不起他是何長相。倘若詢問認識他的人，肯定會說，「不記得他長什麼樣子。因爲他給人的印象很模糊。」

被逮捕時，他並未有任何可疑的行徑，就只是走在街上。至少沒理由突然被數十名全副武裝的士兵團團包圍。

但德國情報局透過某個可靠的管道，得到一項機密情報，說這名男子就是傳說中的日本間諜「魔術師」。

某個可靠的管道。

來自大日本帝國陸軍參謀總部。

可能是「魔術師」在組織內太過優秀。以致招人嫉妒，遭到上面出賣。

男子被逮捕後，還是一直裝蒜。堅稱自己不是日本間諜，這當中一定有什麼誤會。

但是當偵訊者提到他護照上登記的名字不是假名，而是直接從日本參謀總部取得的名字時，男子一時露出錯愕的表情。他低頭緊咬嘴唇。

當男子抬起頭時，他給人的印象陡然轉變。之前他一直戴著「給人模糊印象的面具」，但此時已完全脫落，改爲浮現出高傲的強烈表情。

沃爾夫感到背後寒毛直豎。

男子給人的模糊印象，全是刻意僞裝。他每一刻都會改變臉孔給人的印象。藉由這個方式，讓周遭人記不住他的長相。在親眼目睹前，根本無法想像人有辦法做到這點。反過來說，只有在公開他名字的那一刻，才眞正抓住這名身分不明的日本間諜「魔術師」的狐狸尾巴。

基爾郊外的一戶農家倉庫，被徵召作爲偵訊地點。

他們讓男子背倚著倉庫的大柱子，坐在地上。男子被人用堅固的皮手銬吊起左手，形成極不自然的姿勢，他其實不是被偵訊，而是被拷問。

就算他是再怎麼優秀的間諜，也不可能獨力創下這等豐功偉業。德國國內肯定有不少

「賣國的情報提供者」。平日接觸重要機密情報的人員，肯定也有涉案。

「你被祖國出賣了。遭到背叛。你已沒必要對任何人盡忠。把你知道的全供出來，這樣你就能解脫了。」

儘管偵訊者在他接受肉體暴力的空檔，在他耳畔一再如此慫恿，但始終都白費力氣。男子相當頑強，不願透露任何一名協助者的姓名。

拷問極為慘烈。

連在一旁監視的年輕士兵，都有人不敢正視，不顧違反命令，背過臉去。

儘管身軀已殘破不堪，但男子仍舊保持緘默。

男子當然也心知肚明。

一但把他知道的全說出來，或是對方這麼認定，馬上就會性命不保。敵人絕不會讓間諜光榮地死去。間諜會像畜牲一樣被虐殺、丟棄。敵人會以槍口抵著腦袋的處決方式，扣下扳機。

但大部分的間諜就算明知會被殺，還是會為了擺脫眼前肉體的折磨，而開始供出一切。

若不供出一切，就會一直接受偵訊，直到心跳停止。

到了偵訊第三天，即將天明之際。

男子突然喊肚子痛。額頭冒出豆大的汗珠，表情因痛苦而扭曲。

「……帶他去外面的廁所。」

偵訊者一臉不耐地下令道。

男子已無法靠自己站立，由一名負責監視的士兵攙扶著他，爲了預防他逃跑，另外派三名士兵持槍，小心翼翼地瞄準男子背後，一同隨行。

回來時，男子一臉憔悴的模樣。在負責監視的士兵攙扶下，好不容易才坐回原位。他繫在左手的皮手銬再次被高高地吊起，偵訊者一面打哈欠，一面準備重新展開偵訊。就在這時……

沃爾夫與返回監視崗位的士兵擦身而過時，赫然發現他身上的裝備少了一項。

手榴彈。

理應繫在士兵腰間的手榴彈竟然不見蹤影，而且當事人似乎渾然未覺。

——跑哪兒去了？

他急忙環視四周。

當他發現時，大爲吃驚。它就在男子被皮手銬高高吊起的左手上。手榴彈就握在他手中。而且他已用小指拔去保險栓。

只見人在暗處的男子，他低垂的臉似乎正發出冷笑。

那是沃爾夫最後看到的一幕。

緊接著下一瞬間，隨著一聲轟隆巨響，手榴彈爆炸。

沃爾夫的右半邊臉受到強烈衝擊，宛如挨了一記重拳般地橫身倒地。

當他醒來時，狹小的倉庫內一片狼藉。在燈光熄滅的昏暗中，悲鳴和呻吟聲此起彼落。周圍滿是飛揚的塵埃和垃圾。他感到右眼劇痛，伸手一摸，手馬上因溫熱的液體而變得濕滑，好像流血了。不論他再怎麼擦拭鮮血，有一半的世界依舊處在黑暗中。

——那傢伙……跑哪兒去了？

他以剩下的另一隻眼睛環視周遭。

那名被逮捕的男子已不見蹤影，只剩下垂吊他左手的繩子在原地空虛地搖晃。

外頭傳來槍響。

沃爾夫以單手按住看不見的右眼，步履踉蹌地步出倉庫外。

監視的士兵東跑西竄，大呼小叫。

「發生什麼事了？」

士兵們轉頭望向沃爾夫，登時露出驚訝的表情，噤聲不語。

「你們在幹什麼！快向我報告狀況！」

經他一聲喝斥，這才有人朝他舉手敬禮，開口說明。

倉庫裡爆炸後，一名男子像子彈般飛快地衝出。那人擊倒一名監視的士兵，搶下他的槍後，馬上便消失無蹤。

沃爾夫大為愕然。

男子在拷問下受盡折磨，應該是沒人攙扶就無法行走才對。

那些全是他演出來的嗎？

偵訊到了第三天天將亮時，已略微放鬆，連偵訊者自己都頻頻打哈欠。男子一直在等候，見周遭人開始注意力渙散，便謊稱肚子痛。佯裝無法靠自己行走，請監視的士兵攙扶。不過，在他返回前的那段時間，周遭人還是很提高警覺。但就在男子再次被銬上手銬時，出現了短暫的破綻。男子沒放過這個機會，將他偷來的手榴彈放在掌中，並偷偷拔下保險栓。那是高超的行竊技術。利用與人擦身而過的瞬間，竊取對方錢包裡的東西而不被發覺，若沒有這等技術，一定無法辦到。不，也許技巧還在這之上……

他讓手榴彈在他頭頂上方爆炸。

一般來說，這根本是自殺行為。

但男子在爆炸的瞬間，以指尖在空中彈出手榴彈，同時使勁扭轉手臂，將身體擠進粗大的柱子後方。那是農家倉庫的堅固屋柱，特地選來作為防止他逃脫的木釘，但男子反而利用它作為保護自己不受爆炸所傷的遮蔽物。

當然了，他在近距離下引爆手榴彈，一隻手應該也就此報廢。

但要是繼續這樣被偵訊下去，肯定只有死路一條。

單手和生命孰輕孰重……

答案不問自明。

不過，一般人都會被眼前的痛楚給蒙蔽心智。但男子的眼睛連眨也不眨一下，悍然執行此事。

沃爾夫看待這世界的方式，就此有了重大的改變。

他付出失去單眼的代價，學會如何動腦思考。

不管再怎麼努力搜尋，還是查不出那名男子的下落。

照理說，男子手傷嚴重，應該不可能在異邦藏匿太久。但過沒多久，德國的海軍在基爾軍港抗拒德皇的出擊命令，引發叛變。趁此機會，德國各地紛紛傳出暴動。最後德皇逃亡，在新設立的共和體制下，新政府向協約國投降。

人人都只顧自己性命，根本沒人在乎那名日本間諜的下落。

——難道那個男人正確掌握海軍會叛變的時間，而算準了逃亡的時機？

事後，沃爾夫腦中浮現這個疑問。

第一次世界大戰後，德軍面臨解體的危機，情報局也不得不停止活動。

一直到一九三五年，國防軍情報局才在納粹政權下復出。

同時沃爾夫也重回情報局。他一開始著手的工作，就是追查那名男子的下落。

根據沃爾夫調查的結果，那名男子和他一樣，似乎在一次世界大戰後就沒有任何公開活動。

在那漫長的沉潛期裡，不知道男子到底都在做些什麼。

沃爾夫懷疑他是否已退出軍界，或是已不在人世。

但就在這時，他取得一個非正式的特別情報。

聽說那名男子在日本設立了間諜培訓機關。

那組織雖然處在視死如歸的軍中，卻奉行「不殺人」和「不自殺」的古怪宗旨，在男子的指揮下，暗中於各國從事間諜活動。

初次聽聞這項傳言時，沃爾夫感到半信半疑。

那名男子曾被日本陸軍狠心背叛過。就像失去用處的畜牲般，遭人出賣，這樣還能再次爲祖國賣命嗎？沃爾夫感到懷疑，然而……

傳聞似乎屬實。

沃爾夫上校抬起臉，再次環視這名日本青年眞木的住家，嘴角上揚。

這裡殘留的生活痕跡與沃爾夫追查的那名男子有著同樣的氣味。不，出示眞木的遺照後，附近住戶的反應和證詞——「沒想到眞木原來是個美男子」、「他死了之後，反而讓人比較有印象」，正是最有力的證據。

眞木肯定是那名男子親手建立和訓練的組織成員。

「您打算怎麼處理？」

秘書約翰一臉納悶地望著他。

「我不知道你們以前發生過什麼事，但現在日本算是德國的友邦。就算對那名日本間諜展開進一步的調查，也沒有用處吧？」

「已事先封鎖新聞報導了吧？」

沃爾夫上校沒回答約翰的問題，反倒是低聲問了這麼一句。

不必問也知道答案。

未經情報局許可的報導，不可能刊登在報紙上。這麼一來……

——要獵捕狐狸了。

現在日本與德國的關係，根本就不重要。

這世上只有狩獵者與獵物。

這是沃爾夫從那男子身上學到的。

——我不會再讓你逃走了。

我要把你燻出巢穴，當場活捉。這次一定要剝了你的毛皮。

沃爾夫上校嘴角緩緩揚起，露出冷笑。

6

隔天，德國各大報都大篇幅報導首都郊外發生的那起悲慘火車事故。

一方面透過目擊者的證詞，生動地重現車禍發生時的詳細情形，一方面大肆誇讚希特勒青年團火速趕往現場，救助傷患的傑出表現。

新聞報導清楚表明車禍原因是有一方的列車脫軌，同時根據在車禍現場逮捕的奧圖·法蘭克（四十五歲）的自白，傳達當局已逮捕多名鐵路勞工的訊息。報導指出，奧圖·法蘭克供稱，「此次的事故，是混進鐵路勞工中的反體制分子進行破壞活動所造成。」而當局也會利用這次機會，爲了將引發這起悲慘事故的不法分子從國內一掃而空，繼續展開嚴厲的偵訊。

面對眼前湊齊的各報報導，沃爾夫上校滿意地瞇起眼睛。報導內容事前經過審核，所以自然不會有什麼問題。

他的視線落向報導的結尾處。

報導中公開收容此次車禍傷亡者的醫院名稱，當中有人至今仍身分不明，催促柏林市民盡速前往認屍。

沃爾夫上校特地指示各大報寫下這段訊息。

在這次火車事故中喪命的日本青年眞木克彥，肯定是那名男子在日本成立的諜報機關成員。

眞木在德國從事諜報活動。

目的是查探納粹政權眞正的意向。

考量到這些年來日本在德國外交的失態，便覺得不足爲奇。

約翰他們這年輕的一代，似乎將日本視爲相交多年的友邦，不過，納粹政權改變以往對東洋的政策，不過也才這幾年的事。

一九三八年四月，納粹政權決定從過去一直給予支援的中國撤回軍事顧問團。同時禁止將武器及軍事物資輸往中國，並在隔月承認滿洲國。

滿洲事變爆發後，日本在國際中逐漸被孤立，特別是在滿蒙國境上，直接與蘇聯展開對峙，備感壓力，日本陸軍當然很歡迎納粹政權這項改變政策的作法，之後幾乎是毫無顧忌地與德國親近。

但德國納粹改變其東洋政策，其實背後有其原因。

對德國來說，拆散日本與英美的關係，讓它成爲軸心國的一員，是非做不可的好事。

結果德國以最小的犧牲，換來了最大的效果。

一九三九年八月，德國納粹宣布簽訂德蘇互不侵犯條約，舉世爲之震驚。

日本一直堅信蘇聯是日德的共同假想敵，面對這突然宣布的條約，不禁爲之錯愕。

「歐洲情勢複雜詭譎。」

當時的日本內閣被迫總辭，留下了這句「神祕的話語」。然而……

儘管遭到德蘇互不侵犯條約這種嚴重的背叛，但不可思議的是，日本陸軍竟然不考慮與納粹德國分道揚鑣。非但如此，甚至對德國益發依賴。

一定是因爲在遠東地區與英美的對立，已陷入進退維谷的困境中。

這正是納粹政權求之不得的結果。

——可隨意操控日軍在遠東地區的動向。

如果能辦到這點，應該就能牽制英法的動向，德國在歐洲的戰略將無限擴展。爲此，德國的下一步棋絕不能讓日本知道。

若是早一步被日本得知自己的意圖，德國便失去了優勢。若反過來被日本利用這項情報，在最糟的情況下，德國與日本的立場甚至有可能就此顛倒。

日本陸軍雖然動作慢了一步，但現在努力想查探納粹政權眞正的意圖，也是理所當然的事。問題在於……

不論何種情報，都得看使用者而定。

沃爾夫上校突然覺得他失去的右眼一陣刺痛，皺起了眉頭。

他從死亡的日本青年眞木身上，聞到和**那名男子**同樣的氣味。

眞木可能是名傀儡師，亦即英國人所說的間諜首腦。眞木佯裝成美術商人，一面在德國四處旅行，一面與內應接觸，蒐集情報。整理從內應那裡取得的各種眞假難分的情報，加以分類，再從中做出正確的情勢判斷。這正是間諜首腦的任務。

之前德國情報局完全不知道有眞木的內應存在。光想到這點，就可以確定眞木是極爲傑出的傀儡師。

但眞木被捲進火車事故中殞命。遭逢事故，只能說他運氣不好。但人畢竟不是神，誰也無法預料他會死於非命。

間諜首腦愈是優秀，失去時影響愈大。

一旦知道眞木已死，所有內應應該會陣腳大亂才對。眞木很謹愼地在德國布下間諜網，只要能逮到其中一人，其他人便可一網成擒。

另一方面，日本在德國的間諜網若是在這時崩解，日本陸軍對納粹德國便完全失去了先機。爲了加以因應，他們應該會採取某種措施。這麼一來……

——**那個男人**一定會現身。

沃爾夫上校對此深信不疑。

他不認爲那個男人會眼睜睜看著任務因爲部下的意外死亡而失敗。爲了收拾殘局，他一定會親自上場。到時候就是他的死期。

沃爾夫上校這才從情報局傾全力製作的「完美陷阱」計畫書中抬起頭來。

要設下陷阱，首先需要引誘狐狸前來的誘餌。

誘餌。

就是眞木在德國栽培的內應，亦即之前提供德國機密情報給眞木的人。

一個人會背叛祖國，成爲所謂的「賣國的情報販子」，有各種原因。並非全然是對現今政權有什麼反感，或是忠於不同主義的這類政治性原因。爲了眼前少許的現金，或是滿足異性的欲望，人們便可輕易背叛祖國。當中也有人是被握住把柄，不得已而成爲內應。

不論是因爲何種原因而成爲內應，成爲背叛者的罪惡感始終無法從他們心中消除。當他們由一位優秀的間諜首腦管理時，一切都能平安無事。優秀的間諜首腦會承接他們心中的罪惡感。但是當這位間諜首腦消失後，他們之間一定會陣腳大亂。至少會有人想前來確認眞木是否眞的已死。

沃爾夫已派人二十四小時監視眞木的住處以及安置遺體的醫院。若有人打電話向醫院詢問，便會立即向情報局通報，鎖定打電話者的來源。

被逮捕的人，會用來放長線釣大魚。或是以免責爲條件，使其改投靠我方。

這就是誘餌。嚴密監控誘餌，等候狐狸上鉤。

一定要在那名男子在眞木的住處或醫院現身，或是與那名當釣餌的內應接觸時，加以捕獲。

計畫簡潔而完美。理應是如此，然而……

——爲什麼？

沃爾夫上校坐在辦公桌前等待回報，一天比一天焦急。

三天過去，一週過去，死亡的眞木周遭還是沒任何動靜。

別說日本那隻狐狸了，連理應會因爲眞木的死而陣腳大亂的內應，也不見有任何行動。

從日本搭船到德國要一個月，若是搭機則要五天。

按照計畫，在那名男子抵達德國之前，最少也應該先掌握一到兩名內應。但不知爲何，儘管眞木這名間諜首腦已經喪命，他的內應還是像沒事發生似的，完全沒半點反應。

沃爾夫不懂他們爲何沒有行動。

儘管如此，情況應該還是很有利才對。

一般來說，間諜首腦就算對自己人也不會透露內應的身分，只會向祖國報告他根據內應提供的情報所下的結論。這是保護內應身分最妥適的作法，正因如此，間諜首腦才能與內應締結信賴關係。

沃爾夫不認爲在日本的那名男子已經掌握了眞木的所有內應。

爲了解救因眞木的死而瀕臨危機的間諜網，他來到德國後要做的第一件事，就是取得眞木遺留在某處的內應名單。

沃爾夫已徹底調查過眞木生前的行動。不只是住家，就連他生前去過的地方，全都滴水不漏地派人監視。一有可疑人物，便馬上逮捕……

但等了又等，始終沒人上鉤。

於是他再度對眞木位於玫瑰大街的住處展開徹底搜查，但還是查不出眞木是日本間諜的線索。他們拆除地板，對閣樓、壁板的縫隙全都展開地毯式搜索，但還是找不到任何間諜的證據。

宣讀報告書的秘書約翰微微聳肩，像自言自語般地說道：

「眞傷腦筋。眞木眞的是日本間諜嗎？」

沃爾夫上校的獨眼瞪了他一下，約翰馬上噤聲不語。

吩咐約翰退下後，沃爾夫上校獨自待在辦公室內，深深陷入椅子中，盤起雙臂，靜靜尋思。

那個氣味不會有錯。

附近住戶看到眞木的遺照後，都沒想到他是位美男子，對此深感驚訝。當中甚至有人說，「他死了之後，反而讓人比較有印象。」

眞木一直都戴著「給人印象模糊的面具」。這並不是誰都能辦到的技術。眞木是受過那名男子訓練的日本間諜，不會有錯。不過……似乎又有哪裡不對勁。到底是哪裡有問題……？

驀地，他腦中浮現眞木的死相。那並非實物，是約翰拍攝的照片。是張宛如沉睡般的安詳臉孔。沾血的襯衫衣領。

他突然覺得腦袋猛然一晃。

他伸手按下對講機按鈕，約翰馬上回應。沃爾夫上校焦躁地問道：

「眞木坐的是哪一列火車？」

「哪一列？您在問哪件事？」

約翰深感納悶，說起話來結結巴巴。

沃爾夫迅速說明了情況。

當他聽完約翰的回答時，咒罵的話語忍不住脫口而出。

「媽的，渾帳東西！我要出去，你跟我來。」

「出去？去哪裡？」

「去醫院。」

他只說了這麼一聲，便掛斷對講機。

7

「要我再一次說明死因？我聽說是緊急情況，還以爲是什麼事……」

手術中突然被傳喚的醫生，忿忿不平地低語著，微微搖頭。他年約五十多歲。過瘦的身軀穿著白衣，臉上浮現疲憊之色。

「你們不要太過分好不好？都是因爲你們把猶太籍的醫生趕走，害得我們現在嚴重人力不足。而且還爲了一個死了一個多星期的患者，將正在動手術的我找來……」

「少廢話，回答我的問題。」

沃爾夫上校低聲如此說道，醫生馬上全身爲之一震。

他低頭朝護士遞上的病歷表看了一眼，開口道：

「哦，這位患者啊……我記得。好像是被車禍斷折的鐵架貫穿側腹吧？如果是這位患者，在送來醫院時，應該就已經確認死亡了。死因是『外傷性休克及大量出血造成失血而死』……有什麼問題嗎？」

「我聽說是當場死亡。」

「因爲他受了這麼嚴重的傷。研判當場死亡，應該不會有錯吧。」

「應該不會有錯？」

沃爾夫上校瞇起他那隻獨眼。

「這麼說來，他也有可能不是當場死亡……也就是說，車禍發生後，他可能還暫時保有意識嘍？」

「因爲每個人對外傷性休克的反應都不一樣。那也得看『暫時』這句話的定義而定，不過……如果是說有沒有這個可能，倒也不能說沒有……」

醫生話說到一半，發現沃爾夫上校臉上浮現駭人的神色，急忙接著道：

「不過，就醫學上來說，結果是一樣的。我診斷爲『當場死亡』，並沒有錯。」

醫生這句話，並未傳進沃爾夫上校耳中。

眞木意外捲入火車事故中，被折斷的鐵架貫穿身體。

在車禍的混亂中，眞木從自己的狀況來看，應該已發現自己不可能活命。生命從他的傷口一點一滴地流逝……

這樣的狀況下，眞木腦中會想些什麼？不會有別的，眞木受過那個男人的訓練，是個和他有同樣思考模式的間諜。他應該早已判斷出自己的死會帶來什麼後果。

對間諜而言，意外死亡意謂著「任務失敗」。後續的諜報活動將無以爲續，而且不僅如此。死後在當局的調查下，之前他極力隱藏的事物——從口袋裡的暗號表，到藏在家中雙夾層抽屜裡的機密文件，全都會被攤在陽光下。他的諜報活動成果將全部化爲烏有，帶給敵人更多重要的情報。

他們與執行任務死亡而贏得榮譽的軍人不同，對間諜來說，不論何種死法，都被視爲任務失敗。可是……

那張照片。

眞木的遺容無比安詳。

爲什麼？

眞木確信，**他的死不會給敵人帶來任何收獲**。

此次的火車事故，是從柏林開往科隆的火車與返回柏林的火車迎面對撞。

眞木就坐在返回柏林的火車上。

「接手」的工作已辦妥。眞木剛將他在德國蒐集到的情報全都交到某人手中。不管對眞木的住家展開再仔細的搜索，也始終查無所獲，就是這個緣故。眞木爲了此次的「接手」，整理好一切情報後，將過去的情報全部銷毀。活動的成果全轉交給了對方。就算查探他身邊的一切，都查不出任何情報。

眞木在逐漸遠去的意識中，檢視自己的行動，對此深信不疑。所以他才能以如此安詳的表情走向黃泉。然而……

眞木還是有問題沒解決，那就是他在德國栽培的內應。一旦知道眞木的死訊，他的內應當中一定有人會自亂陣腳，就算有人出面自首也不足爲奇。但爲什麼至今仍未有任何動靜？

沃爾夫上校朝向某個看不見的東西，瞇起他僅剩的獨眼。

驀地，他因想起某件事而抬頭。

——眞木的朋友還沒人到醫院去。

當時約翰曾如此說道。難道……

他讓那名手術中的醫生退下，改喚來火車事故發生當天輪值的護士。他把臉湊向病歷表，急切地問道：

「當天收容這名患者的是哪間病房？」

「……是二〇二號房。」

年輕護士怯生生地應道。

「當天二〇二號房就只有他的遺體嗎？」

「那天醫裡滿是病患……但還是不可能將傷患和死者放在同一間病房，所以應該是和一位因車禍亡故的老先生放在同一間病房裡……」

沃爾夫上校登時以可怕的眼神望著約翰，接著問：

「有人來領取那名老先生的遺體嗎？」

「他好像沒有親人，遺體現在還寄放在醫院裡……」

話說到一半，護士露出猛然想起某事的神情。

「對了，某天有一名紳士前來確認那名老先生的身分。雖然他說著一口流利的德語，但可能是個外國人。」

「外國人？是什麼樣的人？」

「他打扮得相當講究，是位非常客氣的紳士。深戴著一頂軟呢帽，所以看不清他的長相……」

護士露出沉思貌，兩頰略微泛紅，接著說道：

「對了，他就算在室內，仍戴著白色的皮手套。單腳有點跛，還拄著枴杖。」

──竟然有這種事……

沃爾夫上校瞪大他那隻獨眼。

難道**那名男子**就是眞木交接的對象？

護士說的話，斷斷續續傳進錯愕的沃爾夫上校耳中。

「當時我帶領他走進病房……就在那時，醫生把我叫去……是的，雖然只是很短的時間，但我猜那位先生當時是獨自在病房裡。之後我與他在走廊上擦身而過，所以和他打了聲招呼，他只對我說一句『抱歉，那不是我朋友』……」

那張照片。

不同於剛才的另一張照片，浮現沃爾夫上校腦海。

死亡的眞木身上穿的襯衫右領沾有血漬，而且像是被利刃劃破一般。

如果衣領上的血漬，是眞木死前最後留下的訊息呢？

眞木並未將他在德國的內應名單留在家中。不過，除了他的住家外，似乎也沒其他藏匿處了……

對間諜首腦而言非常重要，而且也是保密對象的內應姓名，眞木總是隨身攜帶——也就是說，他將拍下名單照片的微縮膠捲縫在**襯衫衣領的兩片布料中間**？

那名男子帶走了膠捲，在德國情報局著手調查前。

——如果是那個男人，就有可能這麼做。

沃爾夫很不是滋味地承認這項假設。

「交接」後，那名男子得知眞木搭乘的火車出事的消息。雖然封鎖了報導，但事故發生後，湧來不少看熱鬧的人群，很難完全封鎖消息。那名男子火速搭車趕往柏林。爲了確認事故帶來的影響，他造訪收容死者和傷患的醫院。當時眞木應該已經死亡。但那名男子正確解讀了眞木死前留下訊息。

——襯衫的右邊衣領藏有重要情報。

於是男子沒放過獨處的機會，以利刃劃破眞木襯衫的衣領。接著取走縫在衣領中的微縮膠捲。之後……

他離開醫院，與列在名單上的人接觸，並做好處置，不讓眞木的死在內應之間造成影響，徹底消除任何證據……

沃爾夫上校站在原地發愣，但心裡相當肯定。

那名男子又像魔術師一樣，消除了所有線索。

8

五天後——

在那起火車事故中亡故的人，一起舉辦共同葬禮。

最後還是沒人出面領取眞木的遺體，他便被葬在柏林郊外的公墓。

沃爾夫上校命部下暗中監視那場葬禮。

理應是設計周詳的陷阱，結果完全白忙一場。因爲在設下陷阱時，狐狸早已叼著誘餌逃離。

眞木的葬禮，是逮捕那名男子的最後機會……

——他不會出現了。

沃爾夫上校親自指揮部下監視那場葬禮時，也清楚感覺這麼做只是白費力氣。

「已死的間諜，就像別人穿過的舊鞋，沒半點用處。」

對間諜而言，死代表一切都已結束。

在一輛停在遠處的車子內，有人正以高性能的小型望遠鏡監視葬禮的進行。

要葬進公墓裡的，都是沒有親人，無人前來收屍的死者。

葬禮的出席者，都是因爲工作的緣故，形式上前來參加的人員。

並列的棺木共有五具。

葬禮的出席者依序圍繞棺木，拋下花束，由聘雇的聖職人員獻上簡單的祈禱詞。儀式極爲簡單。

眞木的棺木擺在最旁邊。

不久便輪到他。出席者圍著眞木的棺木，漠不關心地拋下花束。遠遠可以看見身穿黑衣的神父手抵胸前，口中唸唸有詞。

——對了，有一件很不可思議的事。

那名年輕護士的話語，在他耳畔響起。

「他的遺體送來醫院時，原本眼睛是睜著的。但後來我發現，不知何時已經閉上了。」

可以望見神父在胸前微微比了個十字。

沃爾夫把臉從望遠鏡上移開，朝左右張望。
始終不見那名男子現身。
他再次往望遠鏡內窺望。
眼前的棺蓋，悄靜無聲地闔上。

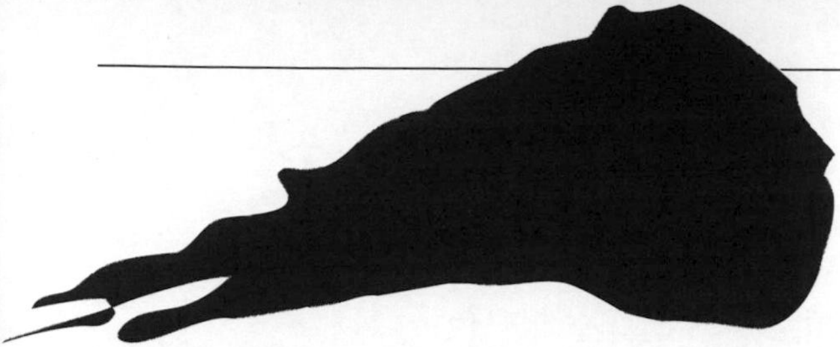

黑鳥

1

雙筒望遠鏡捕捉到「對象」。

最早發現的，是那頗具特色的一雙大眼。嘴邊有鬍鬚。一雙短腿。整體給人一種灰褐色的印象。那是……

——鶲。

仲根晉吾確認對象後，嘴角泛起微笑。

他一度從雙筒望遠鏡中移開目光，朝手上的筆記本寫筆記。接著又往望遠鏡窺望。

游隼、林鶯、鶲、三道眉草鵐、海燕、斑唧鵐、鷦鷯、斑鶇、撲動鴷……

各種鳥名旁設有發現場所、日期、數量、性別、分布類型、發現方法、其他等不同分類的欄位，並寫有獨特的符號。

這裡是美國西海岸的洛杉磯。

昔日來自西班牙的殖民者，將這塊土地取名爲「天使女王之城」誠如其名，這裡是擁有翅膀的天使——鳥類的樂園。

正面遙望太平洋、聖塔莫妮卡海灣的洛杉磯，終年降雨量少，氣候溫和宜人。時序已來到十二月，而且轉眼已是向晚時分，但在戶外還不必穿厚外套。

在這裡可以輕鬆觀察到多種鳥類。

仲根此刻雙筒望遠鏡瞄準的前方，有一隻游隼正停在枝頭上進食。一隻擬黃鸝正看準牠吃剩的殘渣伺機而動……

仲根的臉緊貼著雙筒望遠鏡，以熟練的動作在筆記本寫下觀察記錄。

這時，游隼突然無預警地飛離枝頭。

一時不見牠的身影，仲根急忙把臉從望遠鏡上移開，在遠近變化的世界中找尋對象。

——找到了。

他急忙把臉湊向望遠鏡，重新對焦。

這時，突然有個奇特的東西飛入他的視野中。

一名制服警察站在停靠路邊的車輛旁。有名身穿西裝，個頭矮小的男子快步朝他跑來，似乎是車主。警察朝男子說了些話，將一張紙抵向他面前。後者張開雙臂，一副極力抗議的模樣。但警察只是微微聳肩，不予理會，接著把剛才那張紙夾進雨刷內後離去。男子一把扯下夾在雨刷裡的紙張，從前座的車窗丟進車內。他打開駕駛座的車門，坐上車，粗魯地發車離去……

望遠鏡中上演了這麼一齣默劇。

意外成爲觀眾的仲根，微微苦笑。

這一帶是一條綿延的道路，很適合眺望海岸線的美景。有不少駕駛人會不自主地停下車，望著眼前的美景入迷，或是爲了尋求更佳的視野，而徒步登上路旁的高台。不過……

這一帶的道路全都禁止停車，就算只是暫停片刻，也會吃罰單。當地警察當中，甚至有人一看到外來的車輛，就已準備好要開罰單，毫不留情。

剛才那名男子，似乎也成了犧牲者。

仲根微微搖頭，再次持望遠鏡望向原本的公園。

剛才看準游隼吃剩的殘渣準備搶食的擬黃鸝呢……

看來，牠已平安搶到食物了。

仲根嘴角微微泛起笑意，把臉移開望遠鏡，從原地站起。

「喂，你在那裡做什麼！」

日漸西山，視野不再曠遠，仲根正準備結束觀察，打道回府時，背後突然有人朝他喚道。

他回身而望，只見兩名制服警察踩著枯葉朝他走近。

仲根從原本蹲在樹叢間的姿勢站起身，前往迎接兩名警察。

其中一名警察以小型手電筒照向仲根帶的東西問道：

「雙筒望遠鏡、筆記本、筆記文具……我再問你一次。你在這裡做什麼？」

「我在看鳥。」

「看鳥？那槍呢？槍在哪裡？」

「我沒帶槍。」

「這麼說來，你沒帶槍，純看鳥——是嗎？」

「因爲賞鳥不需要帶槍。」

聽到仲根的回答，兩名警察似乎頗爲驚訝，不約而同地聳了聳肩。

「總之，你跟我們到警局一趟。」

「到警局……我到底做了什麼？」

「做了什麼？這才是我們想問的。」

另一名警察從旁插話，他環視左右後說道：

「在現今這個時局，你一個日本人蹲著躲在高台上，拿著高倍數望遠鏡四處窺望。而且你手上的地圖和筆記本，還寫滿了莫名其妙的符號和文字。如果我們放你走，反而會被人投訴，說我們怠忽職守。」

「有人匿名通報，說『山丘上有個可疑的日本人一直用望遠鏡窺望』。」

一名警察冷冷地說道。

「可疑人物？可是，我只是在這裡賞鳥啊……」

「誰知道呢。對了，通報者還說『那個日本鬼子是間諜』。」

「就是這麼回事。你一定是被同伴出賣了。因此，我們要以間諜的嫌疑逮捕你。」

仲根一臉錯愕，兩名警察在他面前豎起食指搖晃。

「想解釋的話，等到了警局後再聽你說吧。」

「想必你會有很多解釋的藉口吧。」

說完後，兩名警察別有含意地互望了一眼。

2

「你的名字叫東條英機（註），是嗎？」
「不。」
「你持有槍械嗎？」
「不。」
「你是美國人嗎？」
「不。」
「你住在東京嗎？」
「不。」
「你是日本的間諜嗎？」
「不。」
「你是……」

這時，門突然開啓，似乎有不少人走進房內。

仲根坐在椅子上，轉動眼珠，確認闖入者的身影。

那人戴著灰色的斜紋軟呢帽，搭上整套的灰色斜紋軟呢服裝。是名年近半百的男子，個子不高，但體格健壯。有一對像毛毛蟲般的濃眉。他是……

麥可・古柏。是洛杉磯郊外一家大型石油生產設備工廠的老闆。

「喂，站住！」

站在門邊的年輕警察，伸手搭向古柏的肩膀拉住他，說道：

「你擅自闖入會造成我們的困擾。我們正在進行重要的偵訊。」

古柏的褐色雙眼登時瞇成一道細線，甩開搭在他肩上的那隻手，雙眼直視那名年輕警察。

「年輕人，你知道我是誰，敢這樣和我說話？」

「當然。我當然知道你是誰，古柏先生。」

年輕警察聳了聳肩，接著突然像是發現對方這句話的言外之意般，急忙挺胸站好。

古柏是洛杉磯「富豪俱樂部」中的一員，當然與地方檢察官、警察局長關係匪淺。

古柏朝這名全身僵硬的年輕警察冷冷瞅了一眼後，朝仲根走近。

「你沒事吧……」

話說到一半，古柏張大著嘴，愣在當場。

仲根的手腳被緊緊綁在椅子上，動彈不得。他裸露的胸膛，纏了好幾圈軟管，手指和手臂都裝設了詭異的裝置。別說動彈了，連轉頭都沒辦法。

註：二次世界大戰時的日本上將、日本首相。

「竟然這樣對他……」

古柏再次驚訝地搖頭，轉頭逼問那名年輕警察。

「這是什麼？新型的拷問裝置嗎？算了，不重要。我要你們現在就釋放他。」

在隔壁房間待命，身穿白衣的技師神色慌張地開門走進偵訊室內。

「不好意思。我們正在用測謊器進行偵訊。請您再稍等一下。馬上就會知道結果。」

「測謊器……？」

古柏突然怒火勃發。

「你的意思是**他說謊嘍**？媽的，渾帳東西！別開玩笑了。快把這些破爛機器拆下。全部，馬上！」

「可是，這名嫌犯的證詞有幾處疑點……」

「嫌犯？」

古柏以可怕的眼神瞪著技師，壓低聲音，清楚地一字一句把剩下的話說完。

「你聽好了。這名青年叫仲根晉吾，是我的個人秘書。今後你們還打算把他當嫌犯看的話，那也行，但希望你們到時候能先做好心理準備。」

古柏的怒容令技師嚇得面如白蠟，急忙不發一語地拆下所有裝置。

坐了約八個小時，仲根這才得以從椅子上站起。手腳變得無比僵硬……

古柏伸手搭在他肩上，對他說道：

「抱歉，我來遲了。警察局長那傢伙昨晚不知道跑哪兒去了，四處找不到人。結果才會拖到這麼晚才來。」

「我一度還很擔心呢。」

仲根朝古柏莞爾一笑，以調侃的口吻如此說道，接著旋即收斂笑容行了一禮。

「多虧有您替我解危，謝謝您。」

「身體不要緊吧？」

「不要緊。如您所見。倒是……？」

他以眼神試探。

「如果你是問瑪麗的話，她在外面等著。喬納森也在。」

仲根吁了一口氣。

「那我們就一家和樂地手牽手，一起回家吧。好不好啊，岳父？」

3

步出警局後，一名懷中抱著嬰兒的年輕女子早已等在外頭。

「晉吾！爸！」

一見兩人，女子馬上朗聲叫喚。

「瑪麗！喬納森！」

仲根將瑪麗連同嬰兒一同抱緊，朝她耳邊低語幾句後，女子原本緊繃的神情隨之緩和，露出難爲情的笑臉。

仲根與古柏家三姐妹中的小女兒瑪麗結婚，已快滿一年。

瑪麗有一頭髮量豐沛的金髮、像晴天時的碧海一樣藍的藍眼珠。儘管兩頰有些雀斑，對她的美貌減色些許，但還稱得上是個美人。

她上面兩個姐姐早已結婚離家。最後留在家中的這位么女，當初說要和日本人結婚時，古柏當然是強烈反對。

「和日本人結婚？而且對方還是爲了學習美國最新技術，成爲技師，一面辛苦打工，一面在大學唸書的窮學生？別開玩笑了。我絕不答應妳和那種人結婚！」

他臉色漲紅，大發雷霆。

但瑪麗態度堅決。

「晉吾或許眞的很窮，但他比我認識的任何一位美國人都還要有教養，也更有紳士風度。爸，你不是一直告訴我，將來的結婚對象，一定要找個紳士嗎？」

瑪麗如此堅稱，不肯退讓。

兩人是因賞鳥而結識。

在西海岸，賞鳥人士少之又少。在這塊土地上，除了打獵的目的外，觀察動物幾乎可說是一種無法理解的行爲。

瑪麗爲了進入社交界而造訪英國，在那裡理解到觀察大自然的精神，心中深感共鳴。但從英國返回後，她試著在西海岸賞鳥，卻引來周遭人異樣的目光。而她在賞鳥時認識的唯一知己，就是仲根。

不過，瑪麗一開始也只是因爲這塊土地很少有同好，才和仲根往來。事實上，她自己也沒想到會爲這名黃皮膚的東洋人著迷。

但同樣以賞鳥人士的身分與仲根交往後，瑪麗逐漸被仲根吸引。仲根說的每一句話，都流露出他與眾不同的內涵。他始終都能秉持紳士風度，最重要的是他表現出的大自然之愛，令瑪麗暗自神往。這令她聯想起某位英國貴族。她重新細看仲根，發現他雖是給一般人平板印象的日本人，但他有一張輪廓深邃的五官。向晚時分，仲根手持雙筒望遠鏡賞鳥的側臉，看在瑪麗眼中，宛如一尊東洋的雕像，顯得既神祕又高貴。

之後兩人的關係，可說是瑪麗比較積極主動。

打從一開始，她就知道父親古柏會極力反對他們的婚事。瑪麗甚至做好私奔的心裡準備，但不知爲何，古柏突然不再反對。

如今，兩人已育有一子，取名爲喬納森，這麼一來，再也不用擔心了……正當心裡這麼的時候，卻發生這次的事件。

在美國的警局裡，偵訊時發生「意外」是常有的事。當瑪麗看到仲根步出警局，容光煥發，這才鬆了口氣。

瑪麗伸手摸向丈夫的臉，突然就此停住。

「你臉上的淤青是怎麼回事？」

仲根猛然驚覺，伸手摸向自己的臉頰，一時因疼痛而皺眉。但他旋即笑嘻嘻地說：

「沒事。只是稍微撞了一下……」

瑪麗一時狐疑地秀眉微蹙，但她沒再細問，只簡短地說了一句，「我們回家吧。」

4

附司機的黑色加長型禮車。

是古柏的車。

在幾乎感覺不到任何震動的流暢駕駛下，車內很快便傳來打呼聲。

剛出生沒多久的喬納森另當別論，其他人昨晚整夜沒睡。

了解情況的私家司機在開往古柏宅邸的這段路上，似乎很小心翼翼地駕駛，極力不吵醒車上的乘客。

仲根感受著瑪麗的頭枕在他肩上的重量，自己也微微闔眼，假裝睡著。

經歷了昨天一整晚奇妙的體驗，他現在腦中極爲清醒，反而睡不著。

瑪麗指出的臉部淤青，當然是偵訊遭毆打所造成。

當初被警方帶走時，仲根就已先接受過那兩名警察粗魯的偵訊。

「沒帶槍，就只是來這裡看鳥？拜託，你以爲這種藉口說得通嗎？」

兩名警察互望著彼此，語帶嘲諷地說道。站在桌子旁的一名警察，猛然一個轉身，朝仲根臉頰就是一拳。他因強烈衝擊而跌落椅下，趴在地板上。

「你們這是侵犯人權……」

仲根重新坐回椅子，一面擦去嘴唇破裂所流的血，一面如此控訴，那兩名警察聽了後更加光火。

「人權？你一個日本人，有什麼資格說這種大話！」

「住在美國的日本人，我看全部都是間諜吧？像你這種卑鄙的間諜，就算不小心殺了你，也沒人會有意見。」

一名警察一面說，一面繞到他背後，突然掏出手槍抵住仲根的腦袋。

「因為偵訊時總會不小心發生『意外』。」

背後傳來扳下擊鎚的喀嚓聲。

「你要選擇自己從窗戶往外跳也行。」

站在他面前的另一名警察以覺得有趣的口吻說道。

仲根倒抽一口氣，雙目圓睜。

「砰！」

背後的警察大叫一聲，仲根忍不住從椅子上跳了起來。

兩人捧腹大笑，將仲根抵向椅子，硬要他張嘴。

「聽說『調查嘴巴，如果裡面是乾的，就是害怕的證明』。要不要試試看？」

「原來如此。他嘴巴裡乾巴巴的，連一滴口水也沒有。這就是所謂的科學判定。」

「這麼一來，一切都準備妥當了，我們就用那個東西開始吧。」

兩人一面說，一面緊緊地將仲根的手腳固定在椅子上。

一名戴著金框眼鏡，身穿白衣的清瘦男子走進房內。男子朝仲根赤裸的胸膛纏上一圈又一圈的軟管狀物體，接著在他手指和手臂安裝奇怪的裝置。

「我現在要對你使用最新型的測謊器。」

白衣男就像在看什麼實驗動物似的，以冰冷的眼神俯視著仲根。

「請你對所有問題都說『不』。那麼，我要開始發問了。你是美國人嗎？」

隔了一會兒後，仲根這才開口。

「……不」

「你是日本人嗎？」

他差點回答「是」，但是看眼前的男子不發一語地搖著頭，他馬上改口。

「……不」

回答這兩個問題時的反應，會透過纏繞在他胸前的軟管與裝設在手指和手臂上的裝置記錄下來。

白衣男子開門後，暫時前往隔壁房，確認過記錄後，旋即又往房內探頭。臉上泛起滿意的笑容。

「ＯＫ。那就請你們提問吧。」

兩名警察接過提問單，一臉不耐煩地咒罵：

「喂喂喂，全部都要問嗎？很麻煩耶。」

他們互望一眼，聳了聳肩。兩人坐在仲根看不到的椅子上，開始朗讀那事先備好的提問單。

「第一個問題，呃……你叫東條英機嗎？」

「不」

「你持有槍械嗎？」

「不。」

「你是日本的間諜嗎？」

「不。」

……

同樣的提問，一個晚上不斷反覆。要不是古柏趕來，應該會一直持續到仲根昏厥爲止。

想到美國警察對日本人的態度，仲根便感到心中黯然。

最近在美國國內，特別是西海岸，對日本移民的差別待遇和反感突然加劇。有不少美國人聲稱，他們的工作被標榜勞力便宜的日本人給搶走。還聽說有美國人爲了替自己的失業洩憤，而襲擊日本人的商店。不過……

仲根從三年前開始便住在美國，如今還娶了一名美國妻子，兩人育有一子。而且他的岳父還是當地的有力人士。連仲根這樣的人都受到這種待遇。美國警察現在對旅居美國的日本人和日裔人士又是何種看法？仲根再次覺得這嚴重的事態深深向他逼迫而來。

車子在早上九點抵達古柏位於洛杉磯郊外的宅邸。

他們睡眼惺忪地走進玄關時，一名傭人快步走近，告訴古柏有位客人從剛才就一直在屋內等候。

「是警察局長貝克先生。說他有事要跟您談談。剛才我已請他進書房等候。」

古柏聳了聳肩，叫仲根和瑪麗先去休息，自己則是前往客人等候的書房。

「那麼，我也到我的工作室看看吧……」

仲根如此自言自語道，瑪麗朝他露出責備的眼神。

「我好像醒來得很不是時候，對吧？」

仲根莞爾一笑，輕輕摟著妻子，朝她額頭留下一吻。

「難得有空，我先把昨天觀察得來的賞鳥記錄整理好後再去睡。瑪麗，妳昨晚也都沒睡對吧？妳先去休息吧。」

目送妻子依依不捨的背影走上樓梯後，仲根打開自己的工作室。

擺在窗邊的辦公桌上，放有鳥類圖鑑。而且上頭還有一張攤開的全美地圖，上面詳細記載了鳥類的棲息地。

仲根低聲哼著歌，坐向椅子，取出寫有鳥類觀察記錄的筆記本後，像突然想到什麼似地向一旁的收音機伸手，將耳機放進一邊耳中，轉動旋鈕，調整頻道。

爵士、新聞、綜藝節目、宗教音樂……

各種廣播節目隨電波流洩而出。

當中突然有兩名男子的對話從收音機傳出。

——他……並不是他自己所說的那種人。

——這我早就知道了。

——你早知道了？

——是啊，因爲我已調查過了。這是理所當然的事。自己的寶貝女兒要和什麼樣的男人結婚，有哪個父母不會先做調查？

——那麼，你應該知道吧？他是……

——當然知道。雖然他自己那樣說，但他根本不是什麼窮學生。可差遠了。他是日本一位知名貴族的獨生子。聽說還擁有龐大的資產。

——可是我實在搞不懂。既然你都知道，爲什麼不當面戳破他的謊言？

——你說到重點了。他是因爲討厭自己天生就是貴族，所以才會離開自己的祖國。在美國這個原本就沒有貴族存在的國家裡，這是無法想像的事，但他早晚都會回國繼承家業。到時候……

——這麼說來，你全都知道了？

——沒錯，我當然知道。所以我才會……

仲根聽著這兩名男子從收音機傳來的對話，表情毫無變化地以鋼筆寫下鳥類觀察記錄。

海燕——鸌形目海燕科，外洋性海鳥，傍晚時會歸巢。

鶺鴒——雀形目鶺鴒科，採成對飛來，短尾常左右上下擺動，聲音動聽。

游隼——隼形目游隼科，會從高空俯衝而下，在狩獵途中飛離……

寫到這裡，仲根突然停手。

——終於發現了。

他望著自己寫的字，唇邊浮現了微笑。

他肯定是我搜尋的對象——混進組織中的敵方雙面諜。

代號「游隼」。

5

仲根在四年前成爲「D機關」的一員。

日本帝國陸軍祕密諜報員培訓所——通稱「D機關」。

陸軍內部暗中設立的間諜培訓機關。

當時他當然不知道世上有這個組織。不，說到這個，當年那名男子突然出現在他面前時，宛如歐洲傳統小說裡提到的惡魔穿越時空現身一般，感覺既奇妙，又不眞實。

對方長髮梳理得油亮整齊，清瘦的身軀穿著一件作工精細的西裝，給人的形象宛若一道黑影。當仲根知道這名手上戴著潔白無垢的皮手套，拖著單腳而行的男子也有名字時，甚至感到不可思議。

那名男子——結城中校，只簡短地告知他參加D機關甄試的要項，便再度消失於黑暗中。

——就用來打發時間吧。

他唸大學只是爲了逃避兵役，過著看不見未來，自甘墮落的生活。不管在哪裡打發時間，結果都一樣。他這樣告訴自己，哼著歌，一派輕鬆地在指定的時間前往甄試地點。

打發時間。

但他自己心知肚明，根本不是這麼回事。當時映在他眼中的一切，以及這世上的一切事物，他總覺得早在發生前，就已知道結果。就像誤闖小人國的格列弗，有一種絕對的優越感，也因此感到空虛。他對於傳說中那名點石成金的彌達斯王的乾渴，感同身受。擁有無處使用的能力，因心中的焦急而幾欲發狂。所以他就像希望救世主降臨般，對那名像惡魔般的男人充滿渴望。

然而，他聽從惡魔的建議而前來參加的D機關甄選，內容卻是既古怪又複雜。

一開始就被問到他從走進建築內一直到考場，總共走了幾步、幾個樓梯。

攤開地圖被問及塞班島的位置，但塞班島卻巧妙地從地圖上移除。他望了地圖一眼，指出眞相後，對方才展開眞正的提問——在攤開的地圖和桌面中間，放了幾樣東西、是什麼東西？

還要他朗讀內容毫無意義的文章，過了一會兒後，要他倒著默唸出那段文章。

——除了我之外，恐怕沒人可以通過這麼麻煩的考試。

在考試過程中，他在半驚訝、半自傲的心態下如此自忖，暗暗苦笑。

結果那男人從考生中挑選出十多人。

他環視這些入選者，起初微微感覺到驚訝。

全都是和他有相同氣味的人。

桀驁不馴。

難以駕御。

如果是在其他集團裡，他們肯定都會得到這樣的評語。至少不可能是受軍隊式教育的那種人，被灌輸「對長官唯命是從，不思考對錯，嚴格執行命令」的觀念。事實上，他後來才知道，他們全都是日本軍隊組織口中的「地方人」，是沒被放在眼裡的非軍方人士。而且入選者全都輕鬆通過那場奇妙的甄試。

之後一整年的時間。

他們一起在D機關內接受訓練。

炸彈和無線電的使用法。汽車和飛機的駕駛方法。學習多種方言和外語。請大學名師擔任講師，教授國體論、宗教學、國際政治論、醫學、藥學、心理學、物理學、化學、生物學等各種課程。

在外面的世界已被視爲禁忌的國家神道——天皇制，在D機關裡，已將它的虛構性剝得體無完膚，並從國家利益的觀點出發，徹底討論其問題點。

另一方面，所有學生被要求得穿著衣服在冰冷的水中游泳，之後徹夜未眠地前往他處，再使用前一天默背下的複雜暗號，而且要用得像平時所說的語言那般自然。還訓練他們在伸手不見五指的黑暗中，光憑指尖的感覺來分解短波收音機，再將它組裝回可以使用的狀態。還要求他們用一根竹片不留痕跡地拆開信封、一眼便能看出鏡中左右顛倒的文字，並牢記腦中。

雖隸屬於陸軍內的組織，但學員們全都留長髮，穿西裝。不，不只是學員們如此，凡是D機關相關的人，只要稍微展現出軍人的舉止（例如一聽到天皇兩個字，就反射性地立正站好，或是一見到長官就抬手敬禮），便當場收取罰金，毫不留情。

D機關要求學員，儘管隸屬於軍隊這個組織，卻絕不能看起來像軍人，要成爲像鵺（註）一樣的人。

其實他們只被要求做到**一點**。

那就是「不被任何事物綁住，用自己的雙眼去看世界」，換言之，亦即「只透過自己

註：日本的傳說生物之一。出現於《平家物語》中，據說牠擁有猴子的相貌、狸的身軀、虎的四肢與及蛇的尾巴。

親身去了解這個世界」。

——這世界眞正看起來是什麼樣貌？

人的死，並非用善惡的標準來評斷。自殺和殺人是人們最關心的事，因此在執行任務時，**這才是**最難善後的事，也是間諜最不得已的選擇。

接受長時間艱深的課程講義和磨鍊肉體的嚴苛訓練後，所有人還是常在夜裡到街上玩樂，或是和同伴玩一種名爲「Joker Game」的複雜遊戲，一切都游刃有餘。

學生之間絕口不提自己的事，甚至連彼此的眞名都不知道，都是以假名相稱。如果有人問起，也都是毫不思索地用機關提供的假造經歷回答。他們從沒因爲一句無心之言，而顯出假造經歷的矛盾，或是與人產生齟齬。

——我能達到何種程度？

能向自己證明，感覺無比痛快。

這種自負，幾乎可說是一種肉體的快感。

就算說這是某種吸毒者所感受到的致命愉悅，也不爲過……

長達一年的訓練結束後，仲根被結城中校叫去。

不，正確來說，順序前後顚倒了。

他是從那個時候才開始扮演「仲根晉吾」這個角色。

在結城中校隔著辦公桌遞來的那疊厚厚的命令書當中，寫有這次任務要完全複製的人物「仲根晉吾」的假造經歷。

「你得有雙重經歷。」

在逆光下，猶如黑影般的結城中校坐在辦公桌對面，仲根感覺他微微瞇起眼睛。

「任務時間最少三年。也可能更長。這有什麼含意……你應該知道吧？」

他像在提醒什麼似地低聲問道。雙方都了解，這是毋需回答的修辭疑問。

在D機關裡，不論何種命令書，在看過之後，都得馬上歸還，也禁止做筆記。學生都被要求得把內容全部記在腦中。

「只有西海岸嗎？」

迅速將那厚厚一疊命令書看完後，「仲根」將它歸還，同時一臉無趣地問道：

「可以的話，我想東西兩邊一起處理。」

「……別那麼貪心。」

結城中校難得會苦笑似地撇著嘴說道：

「外務省堅稱東邊是他們的地盤。要讓他們掛不住臉，不是難事，但日後萬一有事，可就麻煩了。」

——原來如此。

仲根默默頷首。

軍隊終究是將「殺敵」或「被敵所殺」視爲一種公認默契的組織。而灌輸成員「不能自殺、不能殺人」的D機關，被視爲組織中的異類，是應該被排除的邪門歪道。就某個層面來看，在陸軍內會被人排擠，也是無可奈何的事。但如果連官僚組織也正面爲敵（在使用卑鄙手段方面，他們這些傢伙總是有許多歪腦筋），恐怕他們會從旁干涉，妨礙任務的執行。結城中校站在機關領導人的立場，只好與他們進行某種程度的妥協。

將東海岸讓給外務省，但交換條件，是在美國將其稱之爲「我國後院」的中南美洲裡組織並且營運間諜網路，把這項工作加入仲根的任務——就整體情況來說，確實是這樣沒錯。問題是……

雙重的假經歷。

仲根思索著假經歷的含意，嘴角微微泛起苦笑。

渡海赴美後，仲根以西海岸的「洛杉磯」爲根據地，迅速展開活動。

表面上，他是離開日本赴美求職，一面打工，一面在加州理工學院就讀的窮學生。在洛杉磯的日本人公司當工讀生的仲根，在他們之間架設了「內應」的組織網。

只要懂得訣竅，要隨意控制他人並非難事。

仲根鎖定對象，激起對方的欲望，握住其把柄，或是灌輸理想，陸續將人納入間諜網中。

奇妙的是，被仲根吸收的人，幾乎都沒發現自己屬於哪一方，又是爲誰工作。他們都認爲是在「協助」自己相信的人。例如因爲遭受打壓，而不得不逃出日本的共產黨員。他們在美國這個避難處建立一個圈子設法支援國內的共產黨員，但是其活動資金，是仲根轉了好幾手才送交到他們手中。他要求的回報，當然是他們手中握有的情報。

那些在不知不覺間，被納入間諜網中，四處傳送情報的人，都沒人知道是誰在控管這個情報網。大部分的人都不知道仲根是何長相，就算仲根就在現場，他也總是安排得很周到，讓人以爲他什麼也不是，就只是和其他平凡人物一樣。

他抵達美國後不久，便認識瑪麗。

他在海邊以雙筒望遠鏡賞鳥的模樣，引來瑪麗的興趣，主動與他攀談。

兩人邂逅出於偶然，但之後的發展……

在D機關的訓練中，仲根受過幾名奇人的指導。

專業的小白臉。

也就是讓女人神魂顛倒，從她們身上榨財謀生的男人。他們被假警察逮捕，強行帶進市內某個地點。當他們面對那群D機關的學員時，一臉納悶，但還是應他們的要求，傳授對不同人種、不同階層的女性該使用何種追求方式。

既然這是某種技術，D機關的學員自然有辦法複製。

一週後，學員們上街實地實習，以高超的技巧向女性搭訕，連專業的小白臉都看得目瞪口呆。話說回來，當初學員們在接受白天的嚴格訓練後，晚上還上街玩樂，一來也是爲了觀察那些小白臉，好複製他們營造氣氛的技巧。

——我拜託你們，千萬別來搶我的地盤啊。

受雇當講師的小白臉繃著張臉，撂下這句話後便離開了。

在偶然的邂逅後，仲根開始蒐集瑪麗的相關情報。她父親是麥可．古柏，在洛杉磯郊外擁有一家大型石油生產設備工廠。是當地的有力人士。瑪麗昔日在英國學會觀察野鳥的精神，對此深爲感動。她二十八歲，單身。之所以遲遲沒結婚，是因爲她與國內的其他女孩相比，稍嫌內向了些……

仲根認定瑪麗．古柏正是他策動計謀的絕佳對象。

瑪麗在那次偶然的相遇後，因爲仲根是少數的賞鳥同好，而常與他往來，就這樣很自然地被他所吸引……她心裡應該是這麼想。而她也認爲兩人之間的關係，是她比較積極主導。

其實要讓她這麼想，一點都不難。如果是專業的小白臉，要辦到這點，可說是不費吹灰之力。

後續才是問題，得說服她的父親古柏。

對美國國內的有色人種，特別是對日本人的偏見歧視，不是那麼輕易就能消除。出生在富裕白人家庭的千金小姐，挑選日本人當結婚對象，這是不可能的事。社會歷練尚淺的瑪麗，無法說服父親，不過，要是兩人私奔，那這項計謀就失去意義。

所以這次的任務才會需要雙重僞裝。

古柏一定會委託私家偵探調查他女兒的交往對象。

一個離開日本赴美求職，一面打工，一面在加州理工學院學習美國最新技術的窮學生。

這是仲根自己對周遭人說的經歷。

但根據偵探的調查，他的謊言馬上便被揭穿。他假面具下的眞面目是……

仲根晉吾是日本某名門貴族的獨生子。他父親與日本政界關係良好，坐擁龐大資產，是人稱「財閥」的其中一員。但仲根晉吾厭惡自己天生就是貴族，而且還是富豪，因而隻身一人遠赴「自由之國」的美國。儘管他算是深受社會主義思想影響的年輕世代，但這樣的行徑還是太過魯莽。不過，他自己和周遭人都心知肚明，他早晚還是會回日本繼承家業……

在報告中，最令古柏印象深刻的，就屬仲根是「日本某名門貴族的獨生子」這件事。這世上再也沒有像美國富豪這樣，對貴族充滿極度憧憬和自卑情結的人了。事實上，古柏特地將三個女兒送往歐洲，爲了讓她們在社交界亮相，使了不少錢。

俗不可耐的俗人，若是這樣，控制起來可就容易多了。

仲根的雙重僞裝，與其說是爲他的對象而設，倒不如說是爲對象的父親所準備。就這個層面來說，瑪麗正是他求之不得的對象。

他刻意編了容易穿幫的第一個故事。

待謊言揭穿後，便浮現第二個故事。

雙重僞裝的要點，就是讓揭穿謊言的一方以爲是自己發現的祕密。一般人都對自己組裝的東西情有獨鍾。將拼圖的最後一塊拼片交到對方手中，讓對方產生錯覺，以爲是自己獨力拼湊完成。這麼一來，對第二個故事就會深信不疑。儘管故事內容看起來再怎麼離譜也一樣。

古柏在警局的偵訊室看到仲根身上被裝設測謊器，馬上大發雷霆，那也是因爲他不想讓人知道仲根說謊的事。一般人對自己的發現，而且是只有自己才知道的祕密，總是特別執著，想獨自占有。

剛才透過收音機型竊聽器，傳來古柏與警察局長在書房裡的對話，已確認古柏還是對他的「第二個故事」深信不疑。

仲根和瑪麗結婚，藉此取得古柏這位地方有力人士當後盾。它的優點，透過這次的事件便可清楚看出。若沒有古柏的介入，他現在能否獲得釋放還很難說。

間諜若是接獲長期潛伏他國的任務，爲了取得周遭人的信任，不讓人懷疑自己，都會在當地娶妻，共組家庭。等任務結束後，則是某天突然消失無蹤，對妻子和家人不告而別。

那是無人可以信任，身處絕對孤獨中的任務。

如果排斥這麼做，一開始就別當間諜。如果可以承認自己做不到，而甘於享受安逸人生的話……

某個男人的臉龐突然浮現他腦中。

白皙瘦長的臉蛋。低垂的眉目，有一雙長得驚人的睫毛。水潤的大眼，搭上色若塗朱的紅唇。嘴角總是泛著親切溫柔的微笑。

海燕——鸌形目海燕科，外洋性海鳥，傍晚時會歸巢。

鶺鴒——雀形目鶺鴒科，採成對飛來，短尾常左右上下擺動，聲音動聽。

游隼——隼形目游隼科，會從高空俯衝而下，在狩獵途中飛離……

仲根低頭望著手上的野鳥觀察記錄，面無表情地低語。

——哥，你呢？這世界在你眼中，是什麼模樣？

6

偶然。

對間諜來說，這是最忌諱的一句話。

一切行動都必須經過計算。反過來說，間諜不能有任何偶然。就像與瑪麗的相遇那樣，一切事物從結果回來看，都得納入必然當中才行。

但還是冷不防會有偶然發生。

仲根在美國遇見哥哥，就是個偶然。

那天……

結城中校遞給他的命令書中，有個其他任務看不到的奇特內容。

「情報員彼此在當地接觸」

間諜通常不會有橫向的聯繫。報告往往都是縱向進行。聯繫間諜的，就只有與間諜首腦聯繫的這一條細線。萬一發生意外時，這條線會被毫不留情地斬斷。這麼一來，可以將傷害減至最低。

利用完就被丟棄的恐懼。戰勝這樣的恐懼，是間諜被要求必須辦到的最低條件。更何況是分屬不同組織的情報員，在潛入的地方互相交換情報，這根本是無法想像的事。但這次的任務……

外務省堅持要握有「東邊」的地盤。聽說外務省官員中，有不少人對軍部的專斷獨行感到擔心害怕。想保有其既得的權益。既然這是官員的本能，他們一定會不計任何手段，全力抵制。與他們正面衝突，絕非上策。

但另一方面，將蒐集情報的工作交給外務省去辦，當地的重要情報很可能會被隱匿，或是經過處理，只以對他們有利的形式傳出組織外。

因此，結城中校在將「東邊」的管轄讓給外務省時，提出一個條件。

就是情報員彼此在當地接觸。

各個情報員在當地蒐集到的情報，直接進行交換。

這麼一來，就能蒐集到正確的情報。

當然了，外務省方面的情報員不見得會交出所有情報。加以判斷，進一步查探，也是仲根的任務之一。

他們的第一次接觸，是兩年前的冬天，在華盛頓進行。

地點位於中國城內的中華料理店「Chinese lantern」。

對象是仲根展開潛入任務後，安排在華盛頓的二等書記官。

美國聯邦調查局近來對「看不順眼的外國人」一律展開跟監。日本大使館職員自然全都成爲跟監的對象。

——反正一定是個外行人，沒辦法甩開ＦＢＩ的跟監。

仲根如此判斷，爲了謹愼起見，他喬裝成華僑，在店裡等候。

在約定好的時間，店門開啓。走進一名個頭矮小、身材清瘦的年輕男子。他下巴埋在毛線圍巾裡，雙手插在外套口袋中。擁擠的店內少有日本客人，但他也沒朝店內張望，就直接往店內走，與仲根背對背坐下。向店員點了溫熱的飲料和簡單的餐點後，便主動與仲根搭話。

——讓你久等了。

鎖定方向的低沉聲音。在嘈雜的店內，其他人只要不是豎耳細聽，應該聽不到才對。打從男子走進店內的那一瞬間便爲之錯愕的仲根，這才回過神來。

他聽說接觸的對象是外務省的下級官員。理應沒受過間諜訓練才對。但爲什麼他一眼就看穿我的僞裝？而且發聲法用的還是間諜特有的方式……不，這不重要。難道他是……

哥哥？

仲根把差點脫口而出的話又吞回肚裡。

那是他小時候的記憶。當時他才三、四歲。某個夏日，在母親的帶領下，他曾遠遠看過父親的身影。

——那就是你爸爸，而那是你的哥哥。

母親指向一名手裡牽著小男孩的男人，朝他耳邊悄聲道。

在柳橋當藝妓的漂亮母親，過沒多久便亡故了。最後母親還是沒告訴他，他的父親究竟是誰。

當仲根看到他的接觸對象——外交官「蓮水光一」走進店內時，腦中頓時鮮明地浮現那個夏日的記憶。坦白說，他一時誤以爲是父親走進店內。因爲蓮水和他記憶中的父親就是長得如此相似。然而……

從年齡來看，此人不可能是自己的父親。

在他如此判斷的同時，馬上想起另一張臉。和他父親長得如出一轍的臉——**他同父異母的哥哥**。

他肯定就是當時父親牽在手裡的少年。

仲根立即恢復冷靜，簡潔地交換好情報，達成原本的任務。他們決定投信地點，並約好下次見面的時間。

仲根不認爲對方已察覺出他內心的變化。

但之後每次和蓮水接觸，總令他感到驚訝。

從第二次接觸開始，兩人完全沒正面望過彼此，不是背對背坐在擁擠的咖啡廳裡，就是在公園的噴水池旁比鄰而坐，佯裝不認識彼此。

蓮水一定都會完美地甩開跟蹤，準時出現在約定碰面的場所。而且不管仲根再怎麼僞裝，他也一眼就能看穿，毫不遲疑。

如果同樣是D機關的人倒還另當別論，仲根不認爲D機關以外的人有此能耐。交換情報時也是如此。

蓮水分析美國現今的國力，精準得叫人嘖嘖稱奇。鐵礦、煤炭、石油、其他有色金屬，以及棉花、羊毛等資源的含量。或是船舶、汽車、飛機的產量和總公噸數。從鋼鐵的產量到成衣食品，幾乎所有產業情報都能精確掌握，從各方面計算出美國的國力。

而且蓮水光是憑美國國內對外公開的一般數據資料，便分析出如此精闢入裡的內容。

「這沒什麼好驚訝的。」

背對著背，仲根感覺得到蓮水聳肩的動作。

「因爲這個國家可以隨意取得各種經濟雜誌。像《The Wall Street Journal》、《U.S. News》、《World Report》、《Fortune》，甚至連英國的《The Economist》都有。此外，只要看報紙或統計年鑑，誰也可以看出個梗概來。」

但數字終究只是數字。將所有這些碎瑣的情報與整體現況組合後，能準確理解當中含意的人，可說是少之又少（包括學者和政治家在內）。

「大約是二〇比一吧。」

蓮水神色自若地回答仲根的提問。

這是目前美國與日本的國力比。

「換句話說，倘若兩國開戰，日本方面在各場戰鬥中的損失，必須始終保持在對手的百分之五以下。當然，以現況來說……」

蓮水聳了聳肩。

就算不必刻意舉數字為例也猜得出來。

幾年前，在歐洲列強引發的大規模國際紛爭，亦即所謂的「第一次世界大戰」中，過去長期在人類歷史上稱之為「戰爭」的行為，在不知不覺間，已明顯轉變成另一番樣貌。戰爭已不再是「男人在戰場上為自己的信念而戰」這種浪漫的展現。如今根本沒有可以容納這種幻想的餘地。

戰爭中沒有「士兵」與「非士兵」，或是「前線」與「敵後」的區別。不分男女老幼，只要是該國的人民、所有產業、所有生產行為，都會為了殲滅素未謀面的敵方國民全體動員，形成一場總體戰。或是雙方國家動用所有戰力，直到殺光對方所有國民為止，一種極其現實的暴力行為。

這正是新的「戰爭」。

「我認為，目前美國自行參戰的可能性很低。」

經過幾次會面後，蓮水興趣缺缺地說道：

「與德國陷入苦戰的英國，好像極力想將美國捲進這場戰爭中。目前美國的輿論還是很排斥參戰。他們說『為什麼非得送我們的子弟去參加舊世界的戰爭不可？』前些日子，在總統選舉演說中，候選人也都一致提出反對參戰的論調。應該是研判不這麼做，就得不到選票吧。不論是好是壞，畢竟這就是民主主義。只要沒發生具有決定性的事件，輿論的走向應該是不會改變。」

仲根聆聽蓮水準確地分析現況，每次和他見面，心中的驚奇便暗自增加一分。

蓮水每次都以同樣的打扮現身。

天冷時，一定是穿著一套看起來土裡土氣，跟不上流行的老舊厚大衣。待天氣轉暖後，他便改穿那件作工精細，但略顯老舊的藏青色西裝。露出衣領外的白襯衫，總是常白淨如新，看得出他都是自己親手熨燙。簡言之，他雖然各方面都很傑出，但生活費好像不太夠用。

身爲二等書記官的蓮水，他的薪水在日本國內是否夠用姑且不論，但如果是在美國，絕對稱不上充裕。

仲根一度語帶含蓄地提議要提供他資金援助，但遭到婉拒。

「公務員不能收受賄賂。」

蓮水半開玩笑地應道，在不讓周遭人發現的程度下微微聳肩。不過……

蓮水確實擁有過人的才能，與D機關的人相比毫不遜色。

對仲根而言，蓮水是另一個自己——他有可能得到的另一個人生。

爲何蓮水會甘於待在日本外務省這種微不足道的組織裡，當個小小的官員，聽無能的上司差遣，甘之如飴？要成爲大使，需要龐大的資金和不凡的家世背景。上位已經擠滿了人，蓮水日後成爲大國公使的可能性微乎其微。明知如此，蓮水似乎看起來仍對這世界沒任何不滿……

仲根對此百思不解。

蓮水對仲根提供的情報興致盎然。

例如美國西岸居民對日僑的反感攀升。不講道理的偏見氣焰甚高，「黃日本鬼子」的蔑稱正迅速蔓延。好些個離譜的謠言不約而同地出現，人們私下議論紛紛。

——日本園丁將短波發射機藏在水管裡。

——從空中俯瞰日本農家的花田，竟然有指示機場方向的箭頭符號。

——日本企業的報紙廣告中暗藏密碼。

——日本漁村每戶人家擺出的高大竹竿，被當作短波通訊的天線使用。

……

「真難想像是同一個國家，美國的東西兩岸差異還真大。」

蓮水在喉內低聲輕笑地說道，朝坐在他身旁的仲根瞄了一眼。

「你平時是如何取得這麼多情報？應該不單只是從報章雜誌上剪報得來的吧？」

仲根默而不答，蓮水只好微微聳肩，改變話題：

「不說就算了。對了，我聽到一個有意思的小道消息……」

7

仲根一時懷疑是自己聽錯了。

日本外務省使用的最新型密碼《紫》的機密情報外洩。而且洩露這項情報的人，似乎是居住在洛杉磯的日僑。

「歸究起來，這好像是外務省高層……的個人疏失所造成。」

蓮水垂眼望著地面，就像要打圓場似地說道。

都這個時候了，他仍打算以下級官員的身分，守住組織的顏面嗎？不過對仲根來說，這種事已不重要。如果蓮水所言屬實，這表示……

有地鼠。

仲根一手打造的洛杉磯日僑內應網，有俗稱「地鼠」的敵方雙面敵混進其中。

眞是莫大的屈辱。

不管原因爲何，對方在他渾然未覺的情況下，就在他跟前進行機密情報的交易。

他絕不容許有這種事發生。必須揭穿地鼠的眞實身分，扣押證據，並查出將情報交到何人手上。

問題是，洩露情報的外務省對相關人士的姓名及交易情報的方法一概不知（或者該說是他們明明知情，卻不打算讓外人知道這項情報）。所有人、所有行徑都很可疑。光靠仲根一人，不可能一天二十四小時持續監視居住在洛杉磯的所有日僑內應。不過……

「……可以請你處理一下嗎？」

在對方的低聲詢問下，仲根默默頷首。

之後過了兩週。

仲根卯足耐性持續等候。

雙面諜或是俗稱「地鼠」的人，一定有某種特定傾向。

平時為某個陣營暗中從事諜報活動，同時對利害關係不同的另一個陣營提供有利的情報。

就結果來說，所謂的雙面諜，就是以「背叛」、「超越對方」為目的的人。許多雙面諜都有這樣的想法。而那名潛伏在洛杉磯日僑內應網當中的地鼠，應該也以為自己會超越仲根，只有自己絕不會被人看穿。

若是這樣，他肯定打算在仲根面前進行情報交易。

「獵捕地鼠」需要的是耐性。若是打草驚蛇，地鼠會取消交易，馬上鑽進土中。但只要自己屏氣斂息，靜靜等候，他一定自己從土裡探頭。

仲根耐心等候。

他謹慎地鎖定對象，持續監視他們。

壓抑自己的氣息，持續等待。

不久，他的努力獲得回報的那一刻終於到來。

昨天——

仲根並不是真的用雙筒望遠鏡賞鳥。

鵜鶘、林鶯、三道眉草鵐、海燕、斑唧鵐、鷦鷯、斑鶇、撲動鴷……

筆記本上寫的所有鳥名，都是仲根對他組織裡的每一個內應所取的暗號名。仲根佯裝在觀察野鳥生態，其實暗中逐一記錄每一名內應的行動。

從可以俯瞰沿海公園的山丘上，拿著高性能雙筒望遠鏡觀望，讓人看了覺得很不自然的賞鳥活動，其實是間諜求之不得的隱身衣。

仲根和瑪麗結婚，一來是爲了取得古柏這名強力後盾，二來是他個人研判，只要和瑪麗在一起，就算在這個城市裡賞鳥，也不會讓周遭人起疑。

仲根接近瑪麗，和她結婚，讓周遭人產生錯覺，以爲他從很久以前就和瑪麗一樣，嗜好是賞鳥，就此取得了絕佳的藉口，可以每天拿著雙筒望遠鏡四處張望。

他的內應都不知道**自己是提供情報給誰**。

因爲仲根指示他們進行的通訊方法相當古怪。

——一有情報要傳遞時，就拿著報紙到海岸邊來。拿著報紙在海岸公園散步，或是悠哉地坐在咖啡廳裡。

這就是仲根的指示。

關鍵在於內應手中報紙的日期和星期。

內應用這個方法傳達的內容，以三十一（天）×七（星期一到星期天）計算的話，合計有二百一十七種。

當然了，每個內應的約定內容都不一樣，所以掌控的一方要加以對照著實不易，但這點小事對D機關的人來說，根本就易如反掌。

內應完全不知道誰從哪個地方，透過什麼方式在觀察他。

這種方法並不罕見，是很普遍的一種作法，它的優點在於可以讓內應感到心安，而且不必直接與提供情報者接觸。倘若有必要，日後再個別接觸即可。

對仲根而言，那些手裡拿著不同日期的報紙到公園來的人，就如同《U.S. News》、《Fortune》雜誌之於蓮水一般，是活生生的情報來源。

仲根從上衣的隱藏口袋裡取出一張皺巴巴的紙，小心翼翼地將它放在桌上攤開，緩緩在腦中回憶昨天的情景。

昨天，**那個代號**爲「游隼」的人，獨自來到平時慣去的海邊公園。他坐在長椅上，攤開報紙。報紙的日期和星期傳達的情報是「沒有異狀」，這是每個月一次的定期報告。接著他會開始慢慢用餐。吃的是三明治。從公園可將前方海景盡收眼底。雖說已邁入十二月，但在這塊仍不必穿上厚大衣的土地上，這種觀海的行爲並不會顯得有何不自然。

不過，**他**三明治吃到一半，突然急忙站起身。

警察朝他停在路旁的車輛走近，看得到警察正準備開一張違規停車的罰單。**他**張開雙臂，朗聲向警察抗議。但他抗議無效，警方還是照規定開了罰單，他忿忿不平地離開。

但這一切全是在**演戲**。

姑且不論那一刻他用的是何種方法，但至少他確定有人在某個地方監視他，所以他反而想在那名監視者面前成功地進行情報交易。

像那樣誇張地擺動雙手，大聲喧嘩，監視者一定會注意他的行動。

這就是**他**的目的。

如果對方正在監視他，就會更加專注在他身上，如此便能讓監視者的目光從周遭移開。

這是他打的主意。

事實上，就在那一瞬間，仲根確實也被他引發的騷動吸引了目光。當他再次將目光移回時，已完成了交易。

仲根面對眼前攤開的報紙，沉思了片刻後，伸手拿起桌上的一罐噴霧器。朝報紙的角落微微一噴。

看到浮現的黑色文字後，仲根滿意地瞇起眼睛。

這種把戲的手法，就在包三明治的那張紙上。**那名男子**用肉眼看不出的墨水，在包三明治的紙上寫下日本的密碼情報，想交給敵方間諜。

昨天仲根將雙筒望遠鏡移回公園時，那名男子丟在垃圾桶內的三明治包裝紙突然不翼而飛。

很高明的手法。如果是外行人的話，這樣已算是相當厲害了。不過……

仲根馬上便看穿他的詭計。

不，坦白說，之所以能馬上察覺，都得多虧結城中校。

在D機關的訓練中，結城中校曾在學員監視他的狀況下，做過同樣的事。當時他以深沉的眼神望向眾人，低聲叮囑：

——這終究只是耍小聰明的無聊把戲，你們千萬不能嘗試。

結城中校眞是洞燭先機。

心高氣傲的人在瞞過眼前的敵人，超越對方時，會感到無比痛快。而D機關的眾人也很容易會因爲這種誘惑（某種藥物成癮者沉溺其中的致命快感）而上鉤。

託他的福，仲根馬上鎖定拿走那張紙的人。

在這個地方，通常是按照不同地區來決定負責的警察，兩人一組行動。就像當時接獲通報逮捕仲根那樣。

正當那名男子因違規停車而大鬧時，只有一名**制服**警察**理會他**。當時他的伙伴在忙什麼？當男子吸引監視者的目光時，另一名警察前往公園，回收那張包三明治的紙。

只要明白這點，接下來就好辦了。

仲根從最近的一處公共電話亭，打了通匿名電話。

——有個在山丘上用雙筒望遠鏡四處觀望的可疑日本人。他是間諜。

仲根並非被自己人出賣，是他自己打了那通匿名電話。

果不其然，馬上有兩名制服警察趕到。既然是同樣的地區，同樣的時間，自然就同樣是那兩名警察。

仲根遭到逮捕，被帶往警局。當他們以巡邏車帶走他時，仲根確認過他要的那張紙就收在其中一名警察的內側口袋裡。在下車時，他故意假裝重心不穩，將身子挨向對方，迅速取出放在對方內側口袋裡的紙張，掉包成另一張紙……

男子丟在垃圾桶裡的包裝紙，來自海岸邊的三明治專賣店。於是仲根走下山丘去打電話時，順道去了那家店一趟，買了同樣的三明治只為了取得同樣的包裝紙。而他從警察口袋裡偷走的紙，則是藏在上衣的雙層布料內，以防搜身時被查獲。

想必那名警察正忙著用各種試劑塗抹在那張包三明治的紙張上，大感納悶。包裝紙上什麼文字也不會浮現，因爲上頭原本就什麼也沒寫。

那名警察應該會對「游隼」起疑。

敵方會認爲「游隼」背叛，或是聯絡方式出了差錯。最後，敵方的雙面諜「游隼」將會連仲根的一根寒毛也沒碰著，便從這塊土地上消失……

仲根想到這裡，突然皺起眉頭。

他並不是替「游隼」感到悲哀。而是覺得自己爲了收拾區區一名敵人的雙面諜，卻得付出這麼大的犧牲。

——間諜不能被人懷疑。

當初在D機關，一開始就被灌輸這個觀念。

間諜是「隱形人」。要毫不起眼，像個市井小民，這是最理想的形象。然而……

如今在美國的西海岸，所有日本人，甚至連擁有美國籍的日僑也都無來由地被當作間諜看待。這麼一來，不如先因間諜的嫌疑被捕，再加以洗清嫌疑，之後反而比較容易行動——在這樣的念頭下，仲根採取這次的行動。

仲根這次之所以刻意被逮捕，還有另一個原因。

那就是確認最近FBI研發出的新式測謊器的精準度。

雖然沒料到會被人拿槍抵著腦袋，但終究還是有收獲。

測謊器很容易被瞞過。

至少，在D機關受過訓的人，可以輕鬆讓自己顯得口乾舌躁，展現出害怕的模樣，或是隨意控制心跳數和發汗量。

就某種程度來說，「測謊器」實在可笑，但美國人從小就被教導不能說謊。不敢說謊到近乎有點病態的美國人，用這種程度的測謊器就足以對付。

鎖定地鼠，取回證據甚至進一步查出敵方接收情報者混在制服警察當中。雖然平日要賞鳥會愈來愈困難，但這麼一來，應該能多爭取到一些時間。

——從各方面來看，這次的表現還算差強人意……

仲根從櫥櫃裡取出一瓶威士忌，朝杯裡倒酒。這一口酒，是他對自己這兩週來不爲人知的努力，所給的獎勵。

仲根吁了口氣，這時，他突然想起某件事，蹙起了眉頭。

他花了一段時間處理這件事，如今細想才發現，打從十天前，蓮水就一直沒和他聯絡。上次見面時，看他那宛如染上肺結核般的咳嗽模樣，以及發燒般的迷濛眼神，仲根心裡便一直惦記著此事。

突然傳來敲門聲，沒等他應聲，門便自動開啓。

他回身而望，發現妻子瑪麗逆光站在門前。

「咦，妳還沒睡啊？」

仲根壓抑他那聽起來不太高興的口吻，說道：

「眞是難得呢。妳竟然沒聽我應聲，就直接開門進來。我們在家裡，彼此也該謹守禮儀才對……」

「親愛的……」

瑪麗中途打斷仲根的話，以沙啞的聲音道。她步履踉蹌地走進房內，面如白蠟。

「怎麼了？」

「警察……」

「警察？怎麼可能？我才剛被釋放。警察爲什麼又來……」

「不，親愛的……」

瑪麗那血色盡失的蒼白臉龐，緩緩搖了搖頭。

「請打開收音機……收音機現在正……」

仲根雙眼緊盯妻子蒼白的臉，伸手打開收音機的開關。

他根本不必調頻道。

每個頻道的播報員，都以激動的口吻播報日軍攻擊夏威夷珍珠港的消息。

8

——卑鄙的偷襲。

收音機裡的播報員一再重複這句話。仲根試著轉動旋鈕更換調頻，但每個電台的播報員都千篇一律地重複這句話……就像事先就準備好似的……

——不，這句話確實是事先就準備好的。

仲根緊咬著嘴唇。

美國事前早知道日軍要偷襲珍珠港的事，而且也知道之後會馬上宣戰。

仲根已收拾了洛杉磯的地鼠。

但日本外務省的密碼情報早就以**別的途徑**被人盜取。不是美方，就是極力希望美國加入這場戰局的英國。

他們早知道日本正計畫毫無預警地展開奇襲，反過來加以利用。

——卑鄙的偷襲。

美國人從小就被灌輸不能說謊的觀念。

對他們來說，「卑鄙的偷襲」是令人深惡痛絕的一句話，程度之嚴重，遠超乎外國人（例如日本人）的想像。

全世界因爲這句話而被賦予不同的意義。

「我認爲，目前美國自行參戰的可能性很低。」

他耳邊響起蓮水之前說過的話。

「目前美國的輿論還是很排斥參戰。……只要沒發生具有決定性的事件，輿論的走向應該是不會改變。」

決定性的事件。

例如卑鄙的偷襲。

美國國民從建國以來便一直被教導不能說謊，而日軍這次展開的奇襲作戰，肯定會惹來他們的反感。而且日軍的行爲都被局限在「卑鄙的偷襲」這句話上頭，只要是聽到廣播、看過報紙的人，或是聆聽政治家演說的人，腦中一定都會清楚地被灌輸這個觀念。結果將會……

顛覆美國的輿論。

原本排斥參戰的美國國民，今後人人將主動高喊要與日本開戰。對他們而言，面對展開「卑鄙偷襲」的對手，若是逃避這場戰場，那將是「懦弱」以及「不可饒恕的行爲」。有輿論在後頭推動的美國政治家，雀躍地展開與日本的戰爭。這麼一來……

二〇比一。

蓮水之前曾冷靜地分析過美國與日本的國力差距。

「倘若兩國開戰，日本方面在各場戰鬥中的損失，必須始終保持在對手的百分之一以下。當然，以現況來說……」

這是不可能的事。

仲根緩緩搖頭。

沒錯，這是絕對不可能辦到的事。

與美國這場戰爭，日本早晚會落敗。

在戰爭開始的那一刻，就已決定勝敗。以歷史來看，以軍事行動挽回外交上的失敗，這種例子可說是前所未聞。包含軍事行動在內的外交戰略，就像日本的居合拔刀術（註）一樣，刀子尚未離鞘，便已分出勝負。

所以結城中校才會力排眾議，在陸軍內部設立D機關，培訓間諜，並教導他們**平時**的間諜技術。

不自殺、不殺人。

這是仲根他們在D機關一入門便被灌輸的第一戒律。

再也沒比有人喪命更會引來周遭人關注的事了，所以**對理應當**「隱形人」的間諜來說，自殺及殺人是最忌諱的行爲。

然而，一旦戰爭開始後，世界將就此顛倒。

戰時有人喪命根本就是稀鬆平常的事。殺敵或是被敵所殺，反而更爲理所當然。

這種狀況意謂著仲根他們的間諜活動將就此中止。

因爲潛入敵方美國的日本間諜，就算再怎麼巧妙僞裝，也會因爲是敵國人民，而隨時會被監視或拘捕，再也不能維持「隱形人」的身分。

不，不光是間諜。開戰後旅居美國的日本人、擁有美國籍的日僑第二代、第三代，也都會遭美國當局監視、拘捕，或是被逐出國外……

這三年來，仲根辛辛苦苦在美國以及中南美地區架設，一般人完全看不出來的間諜網，將會崩毀。仲根的諜報活動也將全部化爲烏有。

不，這不並不重要。這單純只是一項無法改變的事實。問題在於……

仲根低頭瞇起雙眼，思緒往遠方延伸。

——爲什麼事前沒和我聯絡？

他一直百思不解。

日軍對珍珠港展開「卑鄙的偷襲」，D機關或華盛頓的日本大使館應該事前便已掌握情報才對。

如果事前能取得聯絡，仲根應該就會想辦法盡量解救之前的活動成果。日本的結城中校和華盛頓的蓮水，爲什麼都沒和我聯絡？

他驀然想起某件事，抬起頭來。

前些日子，他聽說歐洲發生一場事故。難道結城中校出事了……？

他游移的視線，停頓在桌面的報紙上。

註：日本劍術中一種瞬間拔刀傷敵的技巧。

今天早上剛送來的日本專刊報紙。女傭一如平時，將它擺在仲根桌上。經這麼一提才想到，今天還沒看……

看過後，他不禁雙目圓睜。

報紙的某個角落，有個小得差點令人忽略的短篇報導。

於日本大使館任職的二等書記官蓮水光一（二十九歲），昨晚在醫院病逝。

蓮水光一於本月一日下午，在上班時突然吐血，被送往醫院，但之後一直昏迷不醒。

葬禮預定於……

——蓮水……我哥哥他……死了？

他不禁叫出聲來。

他這才發現自己的疏忽。如果是平時，他絕不會就這樣十天沒聯絡而放任不管。因爲對方是蓮水……他同父異母的哥哥，就像另一個自己，所以他才一時大意。他心中認定蓮水不可能會有疏失。而且他一直專注於處理蓮水委託他辦的事。想儘早處理完畢，讓蓮水對他讚嘆。我不就是這麼想嗎……？

我被綁住了。

被蓮水……不，是被自己的過去給綁住。

好幾個假設像水泡般浮現腦中。倘若日本大使館對蓮水病逝的事保密，沒告訴國內的話……假使結城中校正忙著處理歐洲那起事故……如果和仲根聯絡的事，完全是委託蓮水處理的話……

超越世上萬物的結城中校，他那張冷峻的臉孔。

記憶中，人稱魔王的那名男子的臉，正扭曲變形，形成一道漩渦，被吸進黑暗中……

這時，呆立在門前的瑪麗被一把推開，兩名陌生男人闖進房內。男子們在仲根面前攤開一張紙，接著朗聲宣讀紙上的內容。

仲根已聽不到男人說的話。也看不見眼前的一切事物。

——宣告毀滅的巨大黑鳥展開雙翼，在黑暗中冉冉而升。

仲根一臉茫然，依言伸出雙手，只聽得喀嚓一聲，雙手被銬上冰冷的手銬。

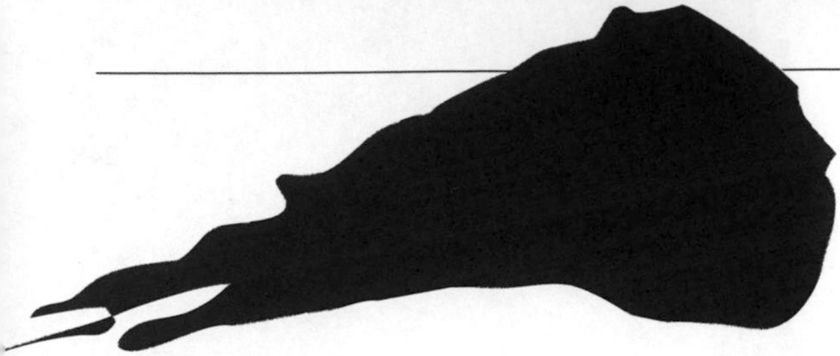

睡人

1

這天，山姆．布蘭德在自家收到的郵件裡發現一張明信片，整個人定住了。

蕭瑟的海邊風景素描畫。

翻過來一看，上面是幾行特徵十足的歪七扭八文字：

哈囉，山姆，你好嗎？

這邊還是老樣子，天氣糟透了。

替我向艾莉問好。尼克叔叔。

一個人住在遠離倫敦的海邊小鎮的尼克叔叔，偶爾會一時興起，寄圖畫明信片過來。字句總是一成不變。但……

「爸爸，怎麼了？」

回頭一看，五歲的女兒艾莉正歪著頭仰望著他。

分明的大眼、灰色的瞳眸、修長的睫毛，色澤極淡的筆直髮絲垂在肩上，臉頰浮現可愛的酒窩。

布蘭德在女兒臉上看見亡妻的面容，笑意不由自主爬上眼睛。

——愈來愈像她媽媽了。將來一定是個大美人。

「欸，爸爸，你怎麼了？你剛剛的表情好可怕。」

布蘭德默默搖頭，一把將女兒抱起來。艾莉被摟在父親雄壯的臂膀中，眼尖地發現了圖畫明信片。

「啊，是尼克叔叔寫來的信！我也要看！」

明信片立刻就被小手搶走了。艾莉用指頭逐一指著最近才剛學會的單字。

「哈、囉。山、姆。你、好、嗎？……替、我、向、艾、莉、問、好。」

「好厲害，艾莉，妳都會唸呢。」

布蘭德稱讚，艾莉臉上頓時浮現驕傲的神色。

「尼克叔叔、尼克叔叔、老尼克叔叔（註）。向艾莉問好，尼克叔叔！」

艾莉安上古怪的曲調反覆唱著，把明信片拿到正前方，歪起頭說：

「咦？好奇怪，這個貼反了。」

明信片角落貼著一便士郵票，上面國王喬治六世的肖像上下顛倒了……

「欸，爸爸，什麼時候可以見到呢？」

艾莉盯著明信片問。

「見到？見到誰？」

註：Old Nick，即惡魔。

「尼克叔叔呀。」

「……嗯，是啊，總有一天吧。」

布蘭德含糊其詞，把女兒放到地上。布蘭德向來沉默寡言，艾莉也沒有特別在意，很快就撲向父親龐大的背，跳上去鉤住他的脖子。

布蘭德搖晃背部，揹好女兒，轉過頭對她說：

「爸爸得去上班了。傍晚奶奶會過來，在那之前要乖乖的喔。」

「好～！」

布蘭德背部感覺著女兒的體溫，心中再次發誓，無論如何一定要保護好這孩子。絕對不能讓艾莉遭遇任何危險。

爲了這個目的，即使要把自己的靈魂賣給惡魔，他也不會有一絲後悔……

2

三年前——

當時兩歲的艾莉，用餐時突然趴倒在桌上，昏了過去。

布蘭德火速將她送去平時看診的小醫院，幸而意識很快就恢復了，但醫師詳加診斷之後，搖了搖頭說：

「心臟似乎有問題。」

接著醫師瞥了病歷一眼，補充說：

「和太太一樣的病症呢。」

布蘭德聞言沉默了。

他才剛失去摯愛的妻子——莎拉。

莎拉生下艾莉後，臥床不起，藥石罔效，就此成了不歸人。她的心臟有問題，其實根本無法負荷生產。即使事後聽到這件事，也如同字面所說的，後悔莫及了。

布蘭德幾乎不記得父親的長相。聽說父親是燒磚師傅，在第一次世界大戰時被徵兵，於索姆河戰役中捐軀。後來母親住在國王十字區的廉價公寓，一面工作，獨力將山姆拉拔成人。但母親也在山姆十八歲時過世了。莎拉也同樣在兒時喪父。兩人會如此投合，或許也是因爲境遇相似。

布蘭德以爲和莎拉結婚以後，總算有了家人。然而莎拉意外地早逝了。布蘭德在岳母的協助下，勉將把失恃的獨生女養育到這個年紀。然而殘酷的上帝居然要把艾莉也從自己的身邊奪走嗎……？

布蘭德懇求醫師無論如何都要設法挽救艾莉一命。

「要保住性命，只能盡快到大醫院動手術，只是……」

聽到手術需要的金額，布蘭德與剛好趕到醫院的岳母面面相覷。

布蘭德才剛升上伍長。僅憑軍隊支給的微薄薪資，實在不可能籌措出醫師所說的數字。遑論在療養院當櫃檯職員、節省度日的岳母，更不可能拿得出這筆錢。

「錢我會想辦法。……艾莉暫時麻煩媽照顧了。」

布蘭德對只是默默地揉絞著手帕的岳母說完，一個人跑出醫院。

這天晚上，暴風雨席捲全城。

布蘭德淋成了落湯雞，漫無目的地在街上徬徨。

他在學校的成績，客套也說不上優秀。也許是因爲那張總是神情朦朧的臉，身邊的人認爲他總是心不在焉，給他取了個綽號叫「睡人」。也沒有値得拿來炫耀的學歷。唯一的優點，就是遺傳自父親的高大、健壯的體格。他會從軍，是認爲自己有辦法在軍隊裡混下去。橫豎戰爭爆發，每個人都會被徵兵，與其等到那時，倒不如一開始就當個有薪水領的職業軍人。他打著這樣的算盤，然而——

爲了支付妻子的住院及喪葬費用，僅有的積蓄全用光了，不僅如此，所有能借錢的對象也都已經借了錢。

他已經找不到人可以求助了。

他不記得自己接下來在哪些地方徘徊了多久。回過神時，他正坐在偏僻的酒吧角落，喝著廉價的烈酒。

布蘭德平時難得喝酒，也從來不喜歡喝酒。他愁眉苦臉地喝著一點都不美味的酒，一心一意向上帝祈禱。

——上帝啊，請救救艾莉。只要能救艾莉一命，要我付出任何代價我都願意。所以上帝啊，求求您……

沒多久，酒精將整片視野罩上一層白霧，意識逐漸朦朧起來。

這時，一個想法忽然溜進腦中。

——就算是惡魔也好，拜託，救救艾莉吧……

布蘭德的祈禱被聽見了。

3

山姆・布蘭德英國陸軍伍長一如往常，在上班時間五分鐘前，來到職場的建築物前方。

這棟建築物位在倫敦西部漢姆科蒙附近，陰陰森森，唯一的優點就是堅固。據說原本是第一次世界大戰時，專門治療罹患戰爭神經症的陸軍醫院。

混凝土牆直接裸露。共三樓的建築物窗戶每一道都嵌著鐵欄柵，土地周圍被高聳的圍牆所環繞，圍牆上布滿兩層有刺鐵絲網。沒有後門，要進出此地，只能經過正面唯一的一道門。門旁的崗哨隨時都有多名警衛，進出時無論是什麼身分，都必須接受搜身，無一例外。

徹底隔絕，難以欺近，進出皆有森嚴的警備。

這棟作爲「隨時能當做監獄的瘋人院」而興建的建築物，後來悄悄地交到英國諜報機關手中，成爲「敵性分子收容所」——亦即「敵國間諜的祕密審問所」。

布蘭德經過正式程序進入建築物，注意到設施工作人員彌漫著一股比平時更劍拔弩張的緊張感。

他直接走向警護室，執行交班手續。

交班文件上所有的項目都是「無異常」。

完成形式上的手續後，交棒給布蘭德下班的休斯勤務伍長把臉湊過來，壓低聲音簡短地說：

——M來了。好像有「新人」進來了。

布蘭德皺了一下眉頭，收起下巴，略略點頭。這下他明白爲何工作人員如此緊張了。

M。

M是英國諜報機關的間諜頭子之一。他的姓名與頭銜，就連自己人的英國陸軍也不得而知，只稱其爲「M」。

M擁有操控間諜的卓越手段，第一次世界大戰時，他把德國暗中送進英國的祕密間諜逐一揭發，反過來將其打造爲雙面間諜，加以利用，他的活躍如今甚至已成爲傳說。

——M有「特殊的眼睛」，能一眼識破敵方間諜。

這樣的傳聞煞有其事地流傳著。問題是人們稱爲「巴西利斯克（註）之眼」的能力，也會對自己人發動。

約兩個月前，祕密審問所的人員之一被揭發是敵方間諜。該名職員已經在此地任職多年，周圍的人都認爲他是個文靜、認眞的人。起初所有的人都震驚無比，認爲他絕不可能是敵方間諜，甚至有部分人士發起連署抗議。

然而在M的審訊中，該名職員自承「我從以前就是共產主義者，長年來將情報洩漏給第三國際」。但令人驚訝的不只如此。根據傳聞——完全只是傳聞——此人後來在M的指揮下，成爲爲英國效命的雙面間諜，潛入敵方組織。

一眼識破敵方間諜，加以證明，並化解對方的抵抗，問出重要情報。令對方深陷恐懼，贏取信賴，最後將對方打造成雙面間諜——這就是M的魔法。

另一方面，休斯勤務伍長所說的「新人」，是指敵方間諜嫌犯的隱語。

他不知道嫌犯是怎麼被揪出來的，也不知道是哪個陣營的間諜。但既然M會親自出馬審訊，這次的「新人」八成也撐不了多久……

這些想法瞬間浮現腦海，但是對布蘭德來說，不管是間諜、政治還是共產主義者，說穿了都是與他無關的另一個世界。

布蘭德的任務，是這處有些特殊的設施內外的警衛工作。

警衛需要的特質，是對政治不感興趣，以及絕不透露工作內容的寡言。

祕密審問所的警衛工作私下被稱爲「瘋人院勤務」，是軍隊裡人人避之唯恐不及的單位。有時不分晝夜，設施裡迴盪著駭人的慘叫聲與怒吼。有些被調來的新兵甚至因此精神

註：basilisk，一種歐洲的傳說生物，也稱爲蛇尾雞或翼蜥，爲蛇類之王，傳說能以眼神取人性命。

失常，再次被調離。

布蘭德就任這個職位，已經四年了。

在警衛人員中已經是最資深的一個。

他是在妻子過世以後，主動請調來這裡的。爲了照顧年幼的艾莉，他需要岳母幫忙，也不能離開倫敦。軍人一般無法選擇勤務地點，但「瘋人院看守」是唯一能自行決定地點的任務。

艾莉檢查出疾病以後，布蘭德要求只上白天班。能提出這樣的無理要求，也是因爲這裡的任務沒有其他人志願，是每個人都排斥的差事。

布蘭德自出生以來，從未對政治、思想，或是間諜這些事物感到任何興趣。對敵方間諜進行什麼樣的審問，他也從不在乎。

任務就是任務。

僅止於此。

幾天後，布蘭德聽說「這次的『新人』好像是日本人」，但他也無動於衷。不過設施裡M抽的菸斗氣味愈來愈濃，讓人忍不住有些蹙眉。

日復一日，M對「新人」進行審訊。

布蘭德只和「新人」在走廊上擦身而過一次。

應該是爲了防止逃亡，「新人」雙手被金屬手銬牢牢銬住，背後跟著武裝的年輕士兵，緊迫盯人。那張臉平坦、看不出表情，十足東方人氣質。不過以日本人而言，應該算是輪廓深的吧。體型甚至可以說是纖細，對比監視他的感覺足足有二一〇磅重的魁梧英國士兵，簡直就像大人與小孩。

——那個人……就是日本軍的間諜？

擦身而過之後，布蘭德納悶地想。

多不起眼的小矮子啊。而且神情憔悴不堪。那種傢伙會是間諜……？

布蘭德立刻搖頭。

不管怎麼樣，都與布蘭德沒有瓜葛。

任務就是任務。

自己只要做好分內的事。

僅此而已。

就在M開始對「新人」進行審問一星期後，發生了一場騷動。

當時接近傍晚，布蘭德差不多要準備收拾回家了。

4

「……今天怎麼這麼晚？」

布蘭德一回到公寓，岳母便一臉疲憊地說。他平時都請岳母傍晚來照顧艾莉，但岳母一早就得上班，如果布蘭德晚歸，隔天早上她會很累。

「對不起，正要下班的時候，發生了一點狀況……」

布蘭德低著眼皮說，岳母沒有再問下去。

「我先讓艾莉去睡了。你的晚餐在廚房。」

「謝謝媽。」。

布蘭德道謝，送岳母到門口。

他在廚房餐桌坐下，一個人用起涼掉的餐點。忽地，一個古怪的念頭浮現腦際：

——我做的事又不是犯罪。

這陣子，他強烈地感覺有人在耳邊呢喃細語。自從約一個星期前，收到尼克叔叔的明信片以後，就一直覺得有人在說話。

——欸，爸爸，什麼時候可以見到尼克叔叔呢？

艾莉問他的時候，他含糊帶過。

因爲布蘭德自己也只見過尼克叔叔一次而已。他連對方是什麼長相都不記得了。

那個暴風雨的夜晚。

布蘭德喝著平日難得會喝的酒，向上帝祈禱，接著又向惡魔祈禱。

——請救救艾莉。只要能救艾莉，我不惜任何代價。

不知不覺間，一名男子坐到旁邊來。男子予人的印象就像一條黑影。沒有半點多餘的贅肉，纖細的體格幾乎可以說是皮包骨……偏長的摻銀絲頭髮往後梳攏，穿著一襲不顯眼的灰色西裝……不知為何，連在店裡也戴著皮手套……

男子對著正面，嘴唇幾乎沒有動，低聲對布蘭德說著什麼。自己和男子交談了嗎？奇妙的是，事後不管再怎麼回想，布蘭德都毫無印象。只有男子那窸窸窣窣的低沉語調，宛如咒文般殘留在耳底。

接下來回神時，布蘭德身在暴風雨中，正走向醫院。男子已不見蹤影，取而代之，手中有一只陌生的舊皮包。

布蘭德回到醫院，把裝著現金的皮包遞給岳母。「我的遠親——尼克叔叔——願意資助醫藥費。」布蘭德這麼說明，但這段期間，他也覺得彷彿不是自己在說話。

起初岳母表情十分狐疑，但她在皮包裡找到寫著「替我向艾莉問好。尼克叔叔」的字條，似乎放心了一些。

艾莉被送去醫師介紹的大醫院，幸運的是，手術成功了。

艾莉的氣色一天比一天好，也不再突然昏倒了。

對布蘭德而言，拯救了心愛的女兒的性命的，不是熟識的醫師，也不是完成困難手術的執刀醫師，而是那名男子。他把靈魂賣給那名男子了。如果自己不遵守與那名男子的約定，艾莉就會沒命。他如此深信不疑。

然而另一方面，那天晚上，自己究竟答應了那名男子什麼事？布蘭德多次試著回想，腦袋卻是一片空白。

但是在尼克叔叔寄來的明信片角落看見倒貼的一便士郵票——國王喬治六世**上下顛倒**

的肖像瞬間，布蘭德的耳邊響起了某人的呢喃。有人讓布蘭德想起了他的任務——他**該做的事**。就彷彿上下顛倒的一張郵票，是讓睡人清醒過來的信號。

布蘭德聽從耳邊細語的指示，做好準備。

首先弄到建築物的平面圖……警衛的位置……在其中一道門用粉筆畫上古怪的記號……暗中剪下圍牆鐵絲網的一部分，然後——

那場騷動發生了。

今天下午，日本人間諜趁著監視的武裝士兵不注意的時候，竟魯莽地試圖逃亡。

騷動一發生，布蘭德立刻聽從耳朵深處的聲音命令，第一個衝上樓梯。他目不斜視地直奔事先畫上古怪記號的門。周圍混亂得就像搗了蜂窩。吼聲四起。他回應聲音，猛地把門拉開——

「……爸爸。」

有點大舌頭的聲音引得布蘭德回頭。

艾莉揉著惺忪睡眼站在那裡。

「爸爸，你回來了。今天你回來得好晚，艾莉都先吃飯了。」

布蘭德離開椅子，以粗壯的臂膀抱起女兒。

艾莉緊緊地摟了父親的脖子一下，忽然想起什麼似地，看著父親的眼睛說：

「今天尼克叔叔寄了禮物來，奶奶有跟你說嗎？」

——禮物？

艾莉不等布蘭德回答，赤腳跳下地板，跑進起居間，很快又折回來，將一個褐色油紙包裹遞給布蘭德。

眼熟的歪七扭八字跡。彷彿以慣用手以外的手故意寫得拙劣。

這是尼克叔叔第一次寄東西來。

「我可以打開嗎？」

艾莉眼睛閃閃發亮地問。看起來睡意已經飛到九霄雲外去了。

布蘭德苦笑著點點頭，艾莉立刻拆開包裝紙，取出內容物。

「是書！」

艾莉用她的小手抓住那本書，伸向布蘭德的鼻頭。

是一本包著紅色書套的書。

燙金文字的封面書名是——

"The Life and Strange Surprising Adventures of……"

不知不覺間，呢喃細語聲從布蘭德的耳邊消失了。就彷彿這本書就是讓睡人再次進入沉睡的信號。

「欸，爸爸，讀這本書給我聽。」

「今天已經很晚了，明天吧。」

「讀一點點就好，讀到艾莉睡著就好，好嘛，拜託。」

艾莉拉扯著布蘭德的手，把他帶到床邊。

「眞的只讀一點點喔。」

布蘭德說，摸了艾莉的頭一下，把椅子拖近女兒爬上去的床邊，打開書本，開始讀起這部離奇坎坷的冒險故事。

「我，魯賓遜・克魯索，生於一六三二年的紐約……」

解說
蒼蠅王
——宣告毀滅的巨大黑鳥展開雙翼，在黑暗中冉冉而升。

（本文涉及謎底，未讀正文勿入）

D機關的故事邁入第二集，第一集裡出現過的某些元素——像是個人情感羈絆如何影響全局、缺乏彈性的傳統軍事思維如何不堪一擊、如何善用層層圈套智取敵人——在此繼續延伸，同時在第一集裡只是作爲故事舞台的歷史背景，在第二集裡也變成了影響情節發展的**主角**，與D機關的成員們聯手烘托出貫穿這五個故事的主題——破滅。

結城中校跟他旗下的D機關成員，個個都是「從破壞（他人的布局）中建設（對自己有利的布局）」的專家，他們是騙局／幻覺的製造者，也是破壞者；表面上看，他們是永遠的贏家。在〈法屬印度支那作戰〉裡，D機關成員只要做個假動作，就足以完成任務，把詐騙集團的蜘蛛網一腳踩破，同時破滅的還有高林的愛情——眞正讓他震驚的不是燕不愛他，而是他對燕的愛從來就不實在。同名短篇〈DOUBLE JOKER〉跟第一集的〈JOKER GAME〉正好互相呼應，再度嘲弄傳統軍事思維的盲點；在D機關四兩撥千金的策略之下，風見／風機關拋不下的軍人身段與優越感被破壞殆盡，徹底潰不成軍。〈棺柩〉也有著類似的元素：沃爾夫上校原本抱著職業軍人的優越感，對間諜這一行極其輕視；在上司的遊說之下，才勉強負擔起「獵捕狐狸」的反間工作，卻冷不防被結城將了一軍，他「看待這世界的方式，就此有了重大的改變。他付出失去單眼的代價，學會如何動腦思考」。然而事隔二十二年再度對壘，狐狸還是計高一籌，沃爾夫從一開始就已經輸了。

第二篇〈蒼蠅王〉，可能是本書中除〈黑鳥〉以外最精采、最諷刺也最悲觀的一篇，呈現出最徹底的破滅——脇坂衛始終相信，自己是爲了無產階級革命的理想而奮鬥；爲了讓「西村二等兵」這樣的農村子弟能夠快樂地生活，資本主義社會必須被打倒，「日本一定不能戰勝」。然而他卻看不見事實——西村根本是個「不笑的男人」！脇坂引以自豪的祕密通訊法早就被人識破，而且爲了他的理想，他親手殺死了一個無辜的異國老人。甚至到最後他被舉發，也不是因爲他的理想有多危險——純粹只是因爲他的行爲模式太引人注目，會留下太多「不自然的屍體」，讓D機關無法繼續不著痕跡地利用他。你的理想、你的作爲和你這個人的存在，都是徹底無意義的——有哪一種破滅比這還要巨大？

或許只有一個國家的崩毀可以與之匹敵了。壓軸短篇〈黑鳥〉，就藉著一個間諜的意外失敗，勾勒出「大日本帝國」（日本從一八六八年〔實權回歸天皇〕到一九四七年〔二戰結束次年〕的正式國號）崩潰的開端。

其實在第一集的第一則同名短篇〈JOKER GAME〉裡，作者就已經小心置入關於時間的訊息：佐久間中尉第一次見到結城中校是在一九三八年，D機關是在前一年秋天成立，這時中國與日本已經全面開戰，不過第一集的故事都是發生在非戰鬥地區；讀者很有可能對二戰歷史徹底不清楚也不在乎，還是照樣享受到第一集裡種種圈套騙局帶來的樂趣。但到了第二集，時空描述越來越明確，歷史陰影帶來的壓力也愈發沉重：〈蒼蠅王〉背景就在中國境內的戰鬥前線；〈法屬印度支那作戰〉故事結束後不久，日軍正式進攻法屬印度支那（一九四〇年九月）；〈棺柩〉與〈黑鳥〉則顯然是在珍珠港事變（一九四一年十二月七日）前夕。按照結城中校的思維邏輯，間諜就是在還維持表面和平的時候**最有用**——這樣間諜才能夠像「隱形人」一樣地行動，默默蒐集情報，讓母國進行台面上的外交談判時，可以拿到一手好牌。開戰以後呢？間諜還是有用的，如果你不是剛好長得一副「外國人」的臉——但日本人的長相顯然跟白人完全不同，根本不可能在歐美敵國境內自由活動。當然，或許還可以搞點敵後游擊作戰（如果你年紀夠大，看過《敵後突擊隊》〔*Garrison's Gorillas*〕之類的影集，那你大概會明白我在說什麼。D機關在現實中的藍本「陸軍中野學校」，後來居然變成游擊隊員訓練所，大概也是基於同樣的思路），但是那頂多起到一點擾亂作用，很難影響大局。以日本當時的國力，跟美國開戰無異自取滅亡；但是根據我們都知道的歷史，事情遲早要往那個方向走。整本《DOUBLE JOKER》，就在這種陰鬱氣氛中迎向最後的高潮。

〈黑鳥〉裡的仲根是D機關訓練出來的一百分間諜，他有著完美的雙重假身分，可以毫不內疚地瞞騙妻子岳父，遙控其他手下時總是能成功地隱身幕後；間諜網裡出現「地鼠」（雙面諜）的時候，他設計出的策略無懈可擊，不但可以不著痕跡地陷害地鼠，又可以讓自己永遠脫離間諜嫌疑，執行過程也十全十美，一切照計畫進行——他唯一的一點小破綻，就是對外務省聯絡官蓮水光一的感情。嚴格說來，仲根完全沒有證據可以證明蓮水確實是他同父異母的哥哥，這終究是他個人一廂情願的猜想；而他對蓮水的感情究竟是想像出來的親情，還是對於相似人種的惺惺相惜，其實很難分辨，我們只知道這種情感比他對妻子的感情更有影響力，也更危險。但是，就只因爲他太過信賴蓮水光一，才會導致最後的意外失敗嗎（來不及隱藏或銷毀任何情報，就突然再度被捕）？倒也不盡然。就算蓮水在仲根心中並沒有獨特的地位，就算仲根提早發現外務省方面十天沒有聯絡，因此提高警覺、事先解散或隱藏他的情報網，超越他個人、超越D機關或任何情報機關的巨大力量，遲早還是會摧毀一切——在情報機關影響不到的地方，有許多人不顧美日國力有著「二十比一」的差距，還是決定打贏不了的戰爭。表面的和平一撕裂，隱形人間諜的事業就結束了。

更進一步來說，雖然〈黑鳥〉中融入了這種陰謀論——「珍珠港事變美國事先知情，卻企圖操縱輿論所以放任事件發生」——但珍珠港事變是日本方面預謀的結果，卻是不爭的事實，不管有沒有陰謀論都一樣。這證明了少數人的機巧才智，終究敵不過集體愚行的黑暗漩渦——D機關成員在所有的小棋局裡都是贏家，他們控制了所有棋子、甚至整個棋盤，然而戰爭卻吞噬了他們的一切成就。

帶來戰爭的那股毀滅力量，就跟人類的歷史一樣久遠，不受任何感情羈絆控制。那股力量，才是真正永恆的蒼蠅王。

本文作者介紹

顏九笙　MLR推理文學研究會成員。最近覺得說謊是個非常有趣的主題，所以勤快地閱讀研究間諜小說的論著。

家圖書館出版品預行編目資料

)機關.2，DOUBLE JOKER／柳廣司著；高詹燦譯. -- 二版.--.臺北市：獨步文化, 城邦文化事業股份有限公司出版：英屬蓋曼群島商家庭傳媒股份有限公司城邦分公司發行， 民 110.01
面： 公分. --（日本推理名家傑作選：37）

譯自：ダブル・ジョーカー

ISBN 978-986-9447-94-2（平裝）

61.57 109017703

BN 978-986-9447-94-2
nted in Taiwan

邦讀書花園
ww.cite.com.tw

日本推理名家傑作選 37

D機關2—DOUBLE JOKER

原著書名／ダブル・ジョーカー
原出版社／角川書店
作者／柳廣司
翻譯／高詹燦、王華懋
編輯／張麗嫺、徐慧芬
行銷業務部／陳紫晴、徐慧芬
編輯總監／劉麗真
總經理／陳逸瑛
榮譽社長／詹宏志
發行人／凃玉雲
出版／獨步文化
城邦文化事業股份有限公司
台北市中山區 104 民生東路二段 141 號 5 樓
電話：(02) 2500-7696
傳真：(02) 2500-1967
發行／英屬蓋曼群島商家庭傳媒股份有限公司
城邦分公司
台北市中山區 104 民生東路二段 141 號 2 樓
讀者服務專線／(02)2500-7718; 2500-7719
24 小時傳真服務／(02)2500-1990; 2500-1991
服務時間／週一至週五：09:30～12:00
13:30～17:00
讀者服務信箱／service@readingclub.com.tw
劃撥帳號／19863813 戶名／書虫股份有限公司
香港發行所／城邦（香港）出版集團有限公司
香港灣仔駱克道 193 號東超商業中心 1 樓
電話／(852) 2508-6231 傳真／(852) 2578-9337
E-mail／hkcite@biznetvigator.com
馬新發行所／城邦（馬新）出版集團
Cite (M) Sdn Bhd
41, Jalan Radin Anum, Bandar Baru Sri Petaling,
57000 Kuala Lumpur, Malaysia
電話：(603) 90578822 傳真：(603) 90576622

封面插圖／三輪士郎
封面設計／高偉哲
排版／游淑萍
印刷／中原造像股份有限公司
□2012 年（民 101）5 月初版
□2021 年（民 110）1 月二版
定價／330 元